세상은 내가 이상하다고 한다

세상은 내가 이상하다고 한다

1판 1쇄 인쇄 2018. 5. 9.
1판 1쇄 발행 2018. 5. 25.

지은이 홍승희

발행인 고세규
편집 이혜민 | 디자인 지은혜
발행처 김영사

등록 1979년 5월 17일 (제406-2003-036호)
주소 경기도 파주시 문발로 197(문발동) 우편번호 10881
전화 마케팅부 031)955-3100, 편집부 031)955-3200, 팩스 031)955-3111

값은 뒤표지에 있습니다. ISBN 978-89-349-8162-6 03810

홈페이지 www.gimmyoung.com 블로그 blog.naver.com/gybook
페이스북 facebook.com/gybooks 이메일 bestbook@gimmyoung.com

좋은 독자가 좋은 책을 만듭니다.
김영사는 독자 여러분의 의견에 항상 귀 기울이고 있습니다.

이 도서의 국립중앙도서관 출판예정도서목록(CIP)은 서지정보유통지원시스템 홈페이지
(http://seoji.nl.go.kr)와 국가자료공동목록시스템(http://www.nl.go.kr/kolisnet)에서
이용하실 수 있습니다.(CIP제어번호 : CIP2018013455)

세상은 내가 이상하다고 한다

홍승희 에세이

김영사

들어가며

"그런데 아파도 돼.

아픈 건 이상한 게 아니야.

아프지 않은 척, 망가지지 않은 척하는 이 세상이 이상한 거야.

너는 정직한 만큼 자꾸 죽고 싶은 거야.

이상한 건 네가 아니야.

너를 의심하는 세상을 믿지 마."

언젠가 누군가 내게 이렇게 말해주면 좋겠다고 생각했다.

여전히 나는 이 말을 듣고 싶다.

들려주고 싶다.

차
례

3 당신을 모른다

4 독방을 부수며

1
서툰 채식주의자

〈인간식물〉 530×455, Oil on Canvas, 2018

세상을 바꾸기 위해서가 아니라
폭력에 힘을 보태지 않으려고 고기를 안 먹는다

서툴러도 채식주의자이고 싶다
조금이라도 내 존재가 덜 가해할 수 있도록

삶의 표정은 너무 풍부해서
어떤 언어로 해석하든 해석될 수 있고
어떤 의미 부여든 가능해서 누군가 의미를 독점하기도 쉽다

모든 의미는 의미가 없다
그저 이 순간을 붙잡고 싶다

〈오도라〉 455×379, Oil on Canvas, 2018

아래에서만 보이는 풍경이 있다
거대한 다리 밑에 서야 보이는 금이 간 콘크리트,
검게 녹슬어가는 쇳덩이

나의 방에서는 모든 게 완결되었다는 듯
마치 아무것도 변하지 않을 것처럼 빛나는
건물의 뚜껑 아래가 보인다

〈개미〉 455×379, Oil on Canvas, 2018

양배추 삶아 먹고 산다

한 전시기획자에게 전시회를 함께하자는 연락이 왔다. 전시장을 빌릴 여력이 없는 젊은 작가에게 좋은 기회라면서, 제도권 전시 경력이 부족한 나의 이력에 도움이 될 거라고 덧붙였다. 전화를 끊고 한동안 생각했다. 그룹 전시에 참여하기도 했지만 여전히 나의 그림을 전시장에 진열하고 판매하는 게 어색하다. 전시장 벽에 붙은 그림을 보고 있으면 온통 분리되고 고립된 세상에서 그림마저 고립된 느낌이 든다. 일상과 분리된 전시공간에 영혼이 깃들어 있을까. 일상과 예술, 관념과 물질, 몸과 감각을 분할하는 경계를 없애고 싶어서 그리는 그림인데, 그런 그림을 전시해야 하다니 아이러니다.

옛날이나 지금이나 각설이처럼 거리에서 그림을 그리고 펴포먼스를 하는 사람들도 있다. 나 역시 길거리에서 퍼포먼스 하고 그림을 그렸지만 그것만으로 생계를 유지하긴 힘들었다. 이력이 되지도 않는다. 그림을 노출할 수 있는 인터넷 크라우드펀딩과 SNS를 활용한다 해도, 월세 걱정 없이 계속 그리고 쓰기엔 무리였다. 그림을 사람들에게 보이고 '이력'으로 인정되고 '잘' 팔기 위해서는 전시가 필요하다. 그러나 왜 그림을 파는 방식으로만 먹고사는 것을 해결해야 할까. 옛날에 그림을 그리거나 시를 쓰는 사람들은 후견인을 두어 결과물에 대한 부담 없이 창작하기도 했다. 물론 후견인의 입맛에 맞는 시를 쓰거나 그림을 그려야 했지만. 후견인을 두지 못한 사람은 평생 제 밥벌이도 못하는 망나니 취급을 당하며 살아야 했다. 자본주의가 시작되면서 알아서 임금을 벌어야 하는 예술노동자는 불특정 다수의 대중에게 각자의 작업을 어필하고, 전시장에 그림을 선보이거나 등단을 거치면서 작업 상품을 판매한다. 기본소득이 보장되면 좀 다를까. 당장 그런 제도의 뒷받침이 없는 사회에서 살아가면서 이런 생활에 어느 정도 적응되었고 나쁘지 않다. 주위의 염려와 다르게 말이다.

나의 위치를 염려해주는 사람들이 나이와 함께 늘어간다. 여러 기성 멘토들의 강연이나 책이 주는 해방도 일시적이다. 과정에 열정을 부으라고, 그러면 성공은 따라온다고 말한다. 그들의 배후에는 결국 '무엇이 되어줘' '너의 (빛나는) 재능을 근사한 상품으로 만들어줘'가 숨겨져 있다. 젊음은 이력을 만드는 시간일까. 성과 없는 젊음은 젊음이 아닐까. 사회에 발붙이는 면적이 커질수록 불화도 빈번하다. 피로를 감내하고 견디는 시간이 늘어간다. 내가 비틀린 걸까 세상이 비틀린 걸까. 박근혜 정부의 문화예술계 블랙리스트가 드러나 싸우는 시국에도 어떤 젊은 예술가는 자본과 국가의 전시장 앞에 고개 숙여야 한다.

이력과 결과, 성취에 상관없이 하고 싶은 노동에만 집중하고 싶은 마음은 엉뚱한 아집일까. 내가 아직 프로페셔널한 정신이 부족한 걸까. 결과를 생각하지 않고 순간순간의 텅 빈 느낌으로만 살아가고 싶은 열망은 바보 같은 걸까. 모두가 각자의 위치를 경쟁하고 자신을 상품으로 만들지 않고서도 영감을 공유하는 오늘은 불가능할까.

한 달에 몇 번 쓰는 글과 근근이 파는 그림 몇 점으로 생활비를 벌고 있다. 수입이 일정치 않아서 빈곤할 것 같지만 생활하는 데 지장은 없다. 출근하지 않으니 교통비가 안 들고, 가구와 옷이 적어서 유지비가 적게 든다. 손수 음식을 만들어 먹으면서 식비도 줄었다. 잘 고르면 마트나 시장에서 몇천 원에 여러 채소를 살 수 있다. 주로 밥과 함께 양배추를 삶아 먹는다. 자극적인 맛에 익숙했던 혀는 담백한 양배추즙에 금방 정이 들었다. 기름 없이 그릴에 채소를 생으로 구우면 채소 본연의 향이 올라오는 그릴요리가 완성된다. 채소를 다듬고 이름 없는 채소요리를 만들어 먹고 세제 없이 그릇을 씻고 방바닥을 닦는 일은 그림을 그리는 것만큼이나 즐겁다.

2년 전까지만 해도 상상하지 못했던 일상이다. 그때 나는 거리로 광장으로 혹은 시장으로 나가서 보이는 일들을 하느라 바빴다. 일상을 챙기는 사소한 노동은 사소하고 사적인 일로 느껴졌다. 잘 보이지 않는 것들이기 때문이다. 생명을 돌보는 일은 결과물로 전시되지 못한다.

6평 남짓한 나의 방에는 향을 피우는 작은 신전이 있다. 그 옆에는 물감과 붓, 캔버스, 기타와 책이 널브러져 있다. 입다 만

원피스의 치맛자락을 잘라 방 천장의 모서리마다 이어 붙였다. 원피스로 이어 붙인 모서리 아래에 반려견 커리의 공간이 있다. 벽은 인도에서 가져온 만다라 천과 보라색 선물 포장지, 검붉은 천으로 채웠다. 커다란 보라색 숄은 햇빛을 가려주는 커튼이다. 꼭꼬핀으로 천장에 고정한 검은 천, 붉은 천이 길게 내려와 작은 공간을 세 개로 나눈다. 형광등 아래에 빗금을 낸 천을 감쌌다. 불을 켜면 빨간 방이 된다. 나는 이곳을 고래 배 속, 죽음의 집이라고 부른다. 전시장이 담을 수 없는 삶의 무대다.

서툰 채식주의자

"그럼 뭘 먹고 살아요?"

"치킨도 삼겹살도 못 먹어요? 어쩜."

"왜 그렇게 어렵게 살아요."

"채식주의자 처음 봐요. 멋있어요."

고기를 안 먹는다고 하면 대개 돌아오는 반응이다. 궁금하다. 고기를 안 먹는 게 어려운 일일까. 나는 채식이 쉬워서 한다. 고기를 안 먹으면 되니까. 채식은 대단한 일도, 유별난 것도 아니다.

고기를 먹지 않겠다고 생각한 지 3년이 되어간다. 그전엔 매일 한 끼 이상 고기를 먹었다. 집으로 돌아오는 길에는 허기진 마음과 몸을 달래려고 순댓국밥에 들어간 돼지의 내장을 챙겨 먹었다. 사람들과 도란도란 모여서 닭 뼈를 뜯고 돼지 살점을 굽던 추억은 얼마나 많은지. 목에 달라붙는 텁텁한 기름을 술로 소독하면서 고기를 즐겼다. 삼겹살과 소주, 치킨과 맥주로 심심하고 힘겨운 밤을 버텨왔다.

어느 날 버스 옆 차선에서 트럭에 가득 실린 돼지 중 한 마리와 눈이 마주쳤다. 맑고 커다란 눈망울을 보면서 저 존재를 어떻게 먹기 위해 죽일 수 있지, 생각했다. 고기를 먹어온 내 몸이 낯설게 느껴졌다. 버스에서 내려 집으로 돌아오는 길, 방금 마주친 돼지의 눈을 잊어버리고 돼지김치찌개 식당으로 들어가 흰 살점이 떠 있는 달짝지근한 찌개 한 그릇을 비웠다. 식당을 나와 집으로 들어가자 소화가 안 됐는지 구역질이 났다. 변기를 붙잡고 숨을 헐떡거리는 순간 돼지의 눈이 떠올랐다. 고기를 먹지 말아야겠다고 생각했다. 그것도 잠시, 이틀 후 다시 고기를 먹었다. 내가 채식을 할 수 있을까. 나에겐 힘든 일 같았다. 아주 가끔 주변에서 채식을 한다고 말하는 사람을 마주치면 그가 도인 같다고 생각했다. 채식은 대단한 금욕의 수행이라고 느꼈으니까. 3일 채식, 일주일 채식을 하다가 그만

두길 반복했다. 그러다가 어떤 시기에 아주 오랫동안 고기를 먹지 않게 되었고, 그 시기가 길어져 3년이 지난 지금까지 고기를 찾아 먹지 않고 있다. 고기를 먹지 않는 대신 밀가루를 많이 먹게 되었다. 채식주의자라기보다 채소 먹는 밀가루중독자다. 최근에야 손수 현미찹쌀로 밥을 지어 먹기 시작하면서 밀가루중독에서 벗어나고 있다. 고구마, 양배추, 버섯, 미역을 삶아 먹거나 카레수프에 채소를 넣어 먹는다. 여러 가지 채소로 밍밍하고 이름 없는 국을 만들기도 한다. 주변 사람들도 나처럼 서툰 채식을 하고 있다. 가끔은 인터넷에서 주문한 콩고기(콩으로 만든 고기)를 안주로 바나나막걸리를 만들어 마신다. 콩고기는 맛있고 값도 특별히 비싸지 않다. 고기가 없어도 즐겁고 배부르다. 가볍고 담백하다.

육식사회에서 고기를 거부하기 힘든 순간도 많다. 해산물도 먹지 않으려고 했지만 가끔 구운 연어를 먹기도 하고, 사람들과 함께 들어간 고깃집에서 고깃국을 마신 적도 있다. 사람들이 싸주는 고기 몇 점을 받아먹기도 한다. 그렇다고 채식에 실패했거나 채식을 포기한 건 아니다. 채식주의자도 채식을 쉴 수 있고 어떤 날은 고기를 먹을 수도 있다고 생각한다. 지금 내가 고기를 안 먹는 이유는 그렇게 하다 보니 그렇게 되어서다.

내가 채식을 실천하기 쉬웠던 이유는 회식문화가 있는 회사에 다니지 않고 개인 작업을 하기 때문일 것이다. 또 주변에 채식을 하거나 채식을 존중하는 사람들이 많아서 식사 때마다 채식을 하는 이유를 말해야 하는 수고가 덜하다. 고기 안 먹는 나를 이상하게 보거나 특별하게 여기는 사람들을 마주칠 때도 많지만.

고기를 안 먹는 내게 어떤 사람들은 말한다. "고기를 먹어야 기운이 나고 영양 보충도 되지"라며 건강을 염려해주거나, "식물도 고통받는데 식물은 왜 먹어?"라고 반박한다. "채식을 한다고 세상이 변하는 건 아니야"라고 진단해주기도 한다. 고기를 안 먹는 게 별나고 무모한 일이라는 말 앞에서 나는 어떤 표정을 지어야 할지 모르겠다. 내가 무엇을 먹든 그냥 놔둘 수 없을까. 고기를 먹지 말라고 눈치 주는 것도 아닌데 왜 나는 고기를 안 먹는다고 눈치를 봐야 할까.

그래도 질문에 답하자면, 첫 번째로 고기를 먹지 않아도 영양 보충은 된다. 내 건강에 좋은 변화도 나쁜 변화도 없는 것을 보면 그렇다. 여전히 손톱 끝은 가끔 까진다. 고기를 먹을 때에도 먹지 않는 때에도 계단을 올라갈 때 헉헉거리는 걸 보면 체력도 비슷하다. 두부나 콩나물, 양배추 등 소화가 잘되는 음식을 먹으니 소화불량이 줄어들긴 했다. 고기 대신 카페인, 커피 각성제로 기운을 차린다. 두 번째로 식물도 고통받는다고 생각한다면 식물의 고통을 줄이는 방법을 고민하는 게 순서가 아닐지 질문하고 싶다. 식물도 고통받으니까 고기도 먹어야 한다고 결론 내리는 건 너무 성의 없는 태도가 아닐까. 지금까지 연구 결과로는 식물에게도 통감이 있을 수 있지만, 없을 가능성이 높다고 나와 있다. 적어도 고통을 느끼는 게 확실한 포유류와 어류를 굳이 찾아서 먹지 않겠다는 거다. 세 번째로 채식을 한다고 세상이 달라지는 게 아니라는 건 안다. 고작 소비에 국한된 방식으로 채식을 실천하면서 세상을 바꾼다고 우쭐하고 싶지도 않다.

생각해보면 내가 보지 않고 듣지 않았던, 엄연히 지금 살아 있는 존재들의 고통을 본 것이 채식의 계기가 되기도 했다. 황윤 감독님의 〈잡식가족의 딜레마〉는 한 가족이 육류 소비를 중단하는 과정을 담아낸 다큐멘터리 영화다. 공장식 축산으로 키우는 닭과 오리, 돼지의 일생이 함께 나온다. 닭들은 햇

볕이 들지 않는 암실에 빽빽하게 수용되어 있다. 닭 한 마리는 A4 용지 크기보다 작은 공간에서 평생을 지낸다. 공간을 아끼기 위해서다. 말 그대로 생명이 아니라 식품을 생산하는 공장이다. 암컷 돼지는 주사로 생식기에 인공정자를 투입당해 평생 새끼를 낳다가 죽는다. 진실을 보지 않는다면 그들의 자리를 상상하기란 쉽지 않다. 진실을 바라볼 용기를 내는 것도.

비인간 동물이 고기가 되는 과정을 아는 건 내 몸으로 들어오는 음식이 어떤 이동경로를 거치는지 살펴보는 일이다. 내가 먹는 음식의 유통기한을 살피는 것만큼이나 자연스럽다. 그래서 만나는 사람들에게 내가 본 〈잡식가족의 딜레마〉를 추천한다. 대부분 이미 동물들이 어떻게 도축되는지 알고 있으니 괜찮다고 말하거나, 보기 싫지만 보겠다고 대답한다. 그런데 얼마 전에는 이런 대답을 들었다.

"저 그런 거 일부러 안 봐요. 고기를 못 먹게 되니까요."

다른 동물이 어찌 되든 나는 밥맛을 망치기 싫으니까 아무것도 안 볼 거라고 말하는 명랑한 목소리가 서늘하게 느껴진다.

영화를 보면서 어떤 사람은 뜨거운 눈물을 흘리고 깊은 상처를 받을지도 모른다. 내가 그랬던 것처럼 말이다. 어떤 사람은 공장식 축산에 반대하는 행동을 하거나 채식을 결심할 수도 있다. 어떤 사람에게는 이미 알고 있는 진실을 무덤덤하게 보는 것으로 끝날지도 모른다. 중요한 건 내 앞의 음식이 누구의 수고와 고통을 거쳐서 오는지 아는 것, 당연하지 않은 누군가의 희생과 고통을 알려고 노력하는 태도가 아닐까.

"내가 주장하는 바는 단지 이 세상에 역병과 희생자가 존재하며, 우리는 힘닿는 한 역병과 힘을 합치지 않으려 애써야 한다는 점입니다"라고 카뮈는 썼다. 인간에게 조류독감, 구제역, 광우병 같은 역병은 재난이지만 인간이 아닌 그들에게 역병은 일상이고 전 생애다. 그들에게는 이 세상이 아우슈비츠다.

이런 세상에서 인간 종에 속한 나는 유혹을 느낀다. 인간과 한 패거리가 되어 죽은 그들의 몸을 뜯어 먹어도 누구도 나를 비난하지 않는다. 내가 얼마나 위선적이고 비겁하고 잔혹하기 쉬운 동물인지 안다. 채식을 한다고 도덕적인 인간이 되는 것도 아니고 도덕적인 인간이 되고 싶은 마음도 없다. 세상을 바꾸기 위해서가 아니라 폭력에 힘을 보태지 않으려고 고기를 안 먹는다. 서툴러도 채식주의자이고 싶다. 조금이라도 내 존재가 덜 가해할 수 있도록.

무질서한 너와 나

나의 섹슈얼리티 경험을 기록한《붉은 선》이 출간되고, 북토크를 할 때였다. 중년 여성이 맨 앞에 앉아 나의 이야기를 끄덕이면서 공감하고 있었다. 강연이 끝나고 질의응답 시간, 그녀가 수줍게 손을 들고 말을 시작했다.

“좋아하는 사람이 있어요. 남편도 있어요. 그런데 내가 이러면 안 되지, 하면서도 좋은 걸 어떡해요. 폴리아모리, 잘 모르지만 그렇게 사랑하며 살고 싶어요. 이상한 게 아니잖아요. 그런데 또 고민되고, 죄책감도 느껴지고. 솔직하게 말하긴 했어요. 남편도 알아요. 미안하게 생각해요. 그런데 좋아하는 걸 어떡해요.”

횡설수설했지만 그녀의 목소리에 힘이 있었다. 이런 자신이 이상한 게 아니라는 확신이다. 나는 대답했다.

"저도 폴리아모리스트예요. 폴리아모리가 별건가요. 독점하지 않는 관계를 원하는 것이 생각해보면 그렇게 어렵고 이상한 요구도 아니고요. 누군가를 내가 독점하고 소유할 수 있다는 생각이야말로 위험하고 오만한 거겠죠. 불확실한 사랑을 응원해요."

폴리아모리는 모노아모리인 일대일 독점관계와 다르게 독점하지 않는 관계를 의미한다. 타자를 배척하지 않고 서로가 만나는 다른 사람도 존중하는 사랑 방식이다. 생각해보면 그다지 특이할 것도 없다. 누가 누구를 소유하고, 평생 독점하는 게 가능하다는 사고방식이야말로 특이한 게 아닐까.

폴리아모리 안에서도 여러 형태의 관계가 있다. 내가 지향하는 관계를 구체적으로 이름 붙이면, '무질서한 관계Relationship Anarchy'다. '무질서한 관계'는 말 그대로 질서를 부여하지 않는 관계의 형태다. 어떤 사람이든 나와 상대의 합의에 따라 관계의 거리와 이름(이름을 만들지 않을 수도 있다)과 (필요하다면) 규칙을 만들어간다. 관계를 어떤 이름으로 규정지을 필요가 없다. 친구, 연인으로 이분화되는 관계의 이름을 거부하고 모두가 불확실해서 평등한 관계의 거리를 지닌다. 평등하다고 해서 똑같은 관계라고 오해할 수도 있지만 그렇지 않다. 어떤 사람과는 오랜 시간을 함께 보낼 수도 있고, 어떤 사람과는 성적 교감만 나눌 수도 있다. 애정의 색깔과 농도와 온도는 모두 다르다. 개개인의 피부색이 다르듯 말이다. 모든 관계가 n개의 몸처럼 n개의 다양성이다. 우리만의 분류를 정하는 것도 가능하다. '너와 나는 친구나 연인 사이' 말고, '너와 나는 바나나, 참외 사이'처럼. 각자의 몸과 색깔만큼이나 관계의 방식도, 이름도 무한하다.

내가 만나는 사람도 애인이라고 부를 때도 있고, 도반이라고 부를 때도 있다. 비혼·비출산가족이기도 하고 연인이기도 하고 단짝이기도 하고 친구이기도 하고 모두 아니기도 하다. 연인이라고 이름 붙이기엔 너무 들쭉날쭉하고 커다란 존재다. 서로가 원하는 거리에서 원할 때 함께 있고, 따로 있는다. 매일매일 달라지는 몸의 바이오리듬처럼, 관계도 가깝다 멀어졌다가 뜨거웠다 차가워지기를 반복하는 불규칙한 리듬이다. 이런 관계에서 갈등은 무시무시한 사건이 아니라 수수께끼다. 단짝과 영영 이별할 수도 있다. 만일 그렇게 되더라도 우리가 이별한 이유는 폴리아모리나 '무질서한 관계'여서가 아니다. 모든 관계가 소원해지고 이별하는 때가 있듯, 우리도 그런 흐름 속에 있을 뿐이다.

규정하기 싫지만 굳이 폴리아모리, '무질서한 관계'라고 이름을 붙이는 이유는 있다. 관계 지향에 이름을 붙이는 건 분류하기 위해서가 아니라, 내 지향과 관계를 있는 그대로 존중받기 위해서다. 결혼제도를 통한 부부관계가 가족의 이름을 독점하고, 연애를 통한 이성애 관계가 애정의 이름을 독점해왔다. 연인 아니면 친구, 내 가족 아니면 타인, 내 사람 아니면 남이라는 이분법이 사람들의 머릿속에서 작동된다. 이런 관계 설정 안에서 너와 나는 그 관계의 이름에 걸맞은 역할극을 하게 된다. 이 역할극은 너와 나를 담기엔 너무 작지 않을까.

아직 비독점 다자연애, 다자동거나 다자결혼(폴리가미), 동성결혼 등 다양한 관계에는 권위를 주지 않는 사회다. 법과 제도를 거쳐 승인된 사랑의 규칙이 아니더라도, 우리가 만들어가는 독창적인 관계의 약속도 권위를 가질 수 있다. 의미를 부여하거나 버릴 권위는 당신과 나에게 있으니까. 결국 폴리아모리, '무질서한 관계'를 지향하는 이유는 '우리'의 사랑에서 너와 나를 소외시키지 않기 위해서다. 누가 만들었는지도 모르는 외부의 기존 질서가 아니라 우리의 질서, 지금 너와 내가 원하는 방식으로 만나기 위해.

폴리아모리 인터넷 커뮤니티가 생겼다는 소식을 들었다. 바로 커뮤니티에 들어가 회원가입을 했다. 함께 즐기고 연대하기 위해서다. '무질서한 관계'의 사랑 방식도, 폴리아모리스트도 성소수자로 분류된다. 내 안에 무수한 소수자성이 있듯, 모든 고유한 관계는 소수자 서사다. 내 앞에 있는 너의 고유함을 망각하지 않으려는 노력은 차별과 한패가 될 수 없다.

> 나이, 지역, 성 정체성, 성 지향성, 관계 지향성, 신체적/정신적인 일시적/영구적 불편함, 학력, 학벌 등에 대한 정보는 상대방의 동의 없이 유출할 수 없으며, 이에 기반한 그 어떠한 라벨링labeling, 차별, 혐오 역시 허용되지 않습니다. 누구도 부당하게 소외되지 않는 평등하고 안전한 커뮤니티 운영을 위하여 구성원들 모두 적

극 협조해주시길 바랍니다.

폴리아모리 커뮤니티 공지사항에 적혀 있는 규칙이다.

다리 밑에서

새로 이사한 집 위에는 마포대교가 있고, 아래에는 한강이 있다. 강 건너로 국회의사당의 동그랗고 빛나는 지붕이 희미하게 보인다. 나의 방은 반지하인데, 반지하에서 사는 것은 이번이 두 번째다. 4년 전 반지하에서 살 때는 창문 밖에서 들리는 발소리와 자동차 불빛에 신경을 곤두세워야 했지만 지금 지내는 곳은 창문에서 쇠창살과 회색 담장만 보인다. 창문에 빨간색, 주황색, 파란색, 노란색 물감이 나선형으로 스민 커다란 천을 붙여놓았다. 두꺼운 천을 붙이니 방에 햇빛이 거의 들지 않는다. 아무도 들어오지 않는, 24시간 같은 조명이 켜진 전시장 같다. 전기장판과 보일러를 켠 이곳에서 하루 종일 쓰고 그리면서 지난해 겨울을 났다.

날씨가 조금 풀린 날 집 주변을 산책했다. 고개를 90도로 들어야 꼭대기가 보이는 아파트들이 빼곡하다. 길쭉한 아파트에는 모두를 수용할 수 있을 것 같은 네모 칸이 셀 수 없이 많다. 내 키를 압도하는 건물 사이에서 나는 불개미가 된 것 같다. 저 많은 집 중에 내 집은 없을까. 불개미로 태어나게 한 부모를 떠올리다가, 1천 채 이상의 집을 가지고 있는 사람도 있다는 소문이 떠오르고, 남아도는 집을 모아 집 없는 사람에게 집 한 채씩 나눠주는 나라를 상상하다가, 로또 복권에 새길 번호 여섯 개를 생각했다.

버지니아 울프는 여성이 글을 쓰려면 자기만의 방이 필요하다고 했는데, 내게는 나만의 방은커녕 집도 없어 평생 월세에서 탈출할지도 알 수 없다. 물론 여기저기를 떠돌아다니며 사는 방식이 좋다. 그런대로 월세 생활에 적응했지만 거창하지 않은 바람도 있다. 언제 틀어도 따뜻한 물이 잘 나오고, 위험한 열기구에 의존하지 않고도 보일러 요금 폭탄 걱정 없이 겨울을 날 수 있고, 푹푹 찌는 여름에 숨을 쉴 수 있을 정도의 작은 에어컨이 달려 있는 방. 3평이어도 좋으니 그런 방이 있다면 월세 내는 날이 다가올수록 축 처지는 바이오리듬도 달라질 거다. 지금 사는 집은 웃풍이 있고 햇빛이 들지 않지만 전기장판과 1에서 6까지의 보일러 온도 조절 버튼 중에서 3번 온도로 그런대로 겨울을 날 수 있었다. 보일러 3번 온도로 해놨을 뿐인데 지난달 가스비가 10만 원이나 나왔지만. 작은 에어컨 하나 없고 환기가 잘 되지 않는 반지하에서 다가올 여름을 날 수 있을지 의문이다. 그때가 되면 다시 짐을 싸서 어디론가 떠나게 될지도 모른다.

집으로 돌아오는 길, 우편함에는 악어가 입을 벌리고 있다. 대출 광고 전단지가 우편함마다 채워져 있고, 모르는 이름에게 날아온 대출 반납 독촉 딱지가 붙어 있다. 등 뒤에서 어떤 소리가 들리는 것 같다. '지금 바로 대출 가능. 내 집 마련, 꿈을 포기하지 마세요!' 밑으로 내려갔으면 올라가는 일만 남았다는 행복론과 성장 시나리오를 따르지 않고 건물 밑을 배회할 거라고 말하곤 했지만, 굳이 힘주지 않아도 내 몸은 밑에 매달려 있다.

건조한 날씨가 계속된다. 여기저기서 화재가 발생했다는 방송을 들으니 마음이 들쑤신다. 나에게 위기는 예외상황이 아니다. 아래에서만 보이는 풍경이 있다. 누군가 쓰던 책상 뒷면에서 오래된 껌딱지와 허술한 책상의 구조틀을 보는 것처럼.

거대한 다리 밑에 서야 보이는 금이 간 콘크리트, 검게 녹슬어 가는 쇳덩이가 있다. 나의 방에서는 모든 게 완결되었다는 듯, 마치 아무것도 변하지 않을 것처럼 빛나는 건물의 뚜껑 아래가 보인다. 보일러를 틀어도 글을 쓰는 손가락이 차갑다.

그런데 아파도 돼

친척들과 왕래하지 않고 명절을 지낸 지 오래다. 올해 설날에는 365일 24시간 여는 만화방을 찾아갔다. 만화방에는 칸막이가 설치된 다닥다닥 붙은 침대가 있어 편한 자세로 아무거나 할 수 있다. 조금만 집중해도 금세 피로해지는 내게 쉬면서 놀기에 안성맞춤인 장소다. 만화방에는 샤워실도 있는데, 샤워실 입구에 '일을 마친 후 씻지 못한 분들은 샤워실에서 샤워를 하세요'라고 설명문이 붙어 있다. 앉은 자리에 붙여놓은 안내문에는 이런 문구가 쓰여 있다. '더럽게 사용하는 사람은 퇴장 조치.'

만화방은 환풍기 몇 개로 눅눅한 헌책들과 여러 사람들의 피부와 옷에서 올라오는 냄새를 바깥으로 내보냈다. 오랫동안 이곳에서 생활해온 것처럼 보이는 사람들도 있었다. 아주 가까이 붙어 있지만 서로를 모르는 익명의 사람들이 앉아 있다가 나가고, 다시 새로운 익명의 사람들이 들어왔다. 시간이 늦어지자 어떤 사람들은 장판을 지붕 삼아 칸막이 위에 펼치고 잠을 잤다. 아주 크게 코를 골면서 자는 사람도 있었다. 조용한 공간에 오랜만에 울려 퍼지는 사람 소리였다. 12시간 동안 만화책을 읽고 글을 끄적이다가 동이 터올 때쯤 밖으로 나왔다.

집에 도착해 차에서 내려 문을 닫을 때였다. 왼손 검지가 문밖으로 미처 빠져나오지 못했을 때 문을 닫아버렸다. 짧은 비명을 지를 새도 없이 손가락을 서둘러 빼냈다. 2초간 감각이 없다가 곧 무시무시한 통증이 올라왔다. 손가락을 조금만 건드려도 너무 아파서 비명이 나오고, 이어서 눈물이 쏟아졌다. 손가락이 붙어 있는 게 맞나 확인했다. 붙어는 있다. 심장보다 위에 있어야 한다는 생각에 하늘 위로 손가락을 들었다. 문지방에 발가락을 찧거나 책상 모서리에 무릎을 박으면 1분 후 통증이 가라앉는다. 이번에도 그럴 줄 알았는데 검지 끝에 심장이 달린 것처럼 계속 욱신거렸다. 밤새 얼음찜질을 하며 아파서 비명을 지르고 울었다. 울다 보니 명절에 혼자 아픈 서글픔에 더 눈물이 났다.

잠들 수 없는 진통이 오전까지 계속됐다. 손톱이 보라색으로 물들고 손톱 밑이 부어올랐다. 밤새 울어서 눈도 부었다. 설날이고 주말이라 정형외과는 문을 닫았다. 효과 빠른 진통주사라도 맞고 싶은데 응급실은 비용이 부담됐다. 참다 못해 근처 병원 응급실에 전화를 걸었다.

"지금 가면 진료비가 얼마나 될까요."

"잠시만요."

간호사가 받은 전화가 몇 번 돌고 돌다가 마지막엔 의사가 전화를 받았다.

"네, 무슨 일이죠?"

무슨 일인데 바쁜 시간에 전화까지 하는 건지 어디 들어나 보겠습니다, 하는 목소리다.

잠시 대답하기가 망설여졌다. 손가락 찧은 걸로 유난이라고 생각하지 않을까.

"손가락을 찧었는데 진료비가 어느 정도 될까요."

"아아, 와보셔야 알죠. 접수비는 5만 원이고요."

고작 접수비를 물어보느냐는 말투다.

"네, 알겠습니다."

전화를 끊자 또다시 눈물이 났다. 아픈 와중에도 돈을 걱정하게 되고 아프다고 말하는 걸 눈치 보는 게 이상하고 서럽다.

내 몸은 잔병이 많다. 큰 병은 없지만 몸살, 편두통, 실신과 타박상 등 자잘한 통증으로 응급실을 자주 오갔다. 아플 땐 옆 사람이 불편할 정도로 비명을 지르고 울기도 했다. 천식이 있어 체력장을 할 수 없었던 중학교 때 운동장 구석에 앉아 있는 내게 선생님이 다가와 "재는 몸이 아픈데도 끝까지 뛰었어"라며 한 친구를 가리켰다. 아파서 수업 중간에 조퇴하는 내게 대학 선배는 "굉장히 자주 아프네"라고 빈정거렸다. '애개, 이 정도 가지고. 너보다 아픈 사람도 이 정도는 참아. 시간이 약이니 호들갑 떨지 마'라는 눈치다.

언제부턴가 아플 때 눈치를 보게 된다. 아프다고 말하는 걸 유별나게 보는 시선 속에서 정말 내가 너무 뻔뻔하고 예민한 걸까 고민했다. 사람마다 통증을 느끼는 강도가 다른데 내가 유난히 크게 느끼는 걸까. 아니면 통증을 표현하는 강도가 다른 걸까.

지금은 내 몸이 유별나게 허술하거나 예민하다고 생각하지 않는다. 오히려 사람들의 입에 재갈이 물려 있는 건 아닐까 생각한다. 적어도 비명을 지르는 순간엔 통증이 덜하다. 아픈 와

중에도 침묵해야 하는 건 얼마나 아플까. 아픈 몸으로 운동장을 말없이 뛰는 친구를 칭찬하던 선생님의 말처럼, 아픈 걸 숨기고 견디는 게 미덕이 된다. 이런 세상에서 아픔은 자기관리의 실패고 비명은 뻔뻔한 투정이 된다. 모두가 천하무적 슈퍼맨 같은 몸이 되라고, 될 수 있다고 주문받는다. 병을 초월한 삶이 가능하다는 듯.

멀지만 365일 여는 병원이 있어 찾아갔다. 의사 선생님은 고생했다면서 손가락에 붕대를 감아주셨다. 뼈가 부러진 것 같진 않은데 상태를 지켜봐야 한다고 했다. 일주일 동안은 손가락에 붕대를 감고 있어야 한다. 주사를 맞고 약을 먹어서 통증은 가라앉았다. 한바탕 비명이 지나가고 차분하게 책상 앞에 앉아 검지 없이 노트북의 키보드를 눌렀다.

"건강하자."
설날마다 주고받는 기원에 덧붙이고 싶은 말이 있다.
"그런데 아파도 돼.
그리고 아프면 아프다고 꼭 말해줘."

중얼거리는 싸움

작년 가을, 기독교 학교를 표방하는 H대학에서 했던 페미니즘 강연의 여파가 크다. 동성애를 반대하는 대학의 학생들과 교수진, 학생처장이 피켓을 들고 강연장에 찾아왔다. 그들의 피켓에는 '학생들에게 자유섹스하라는 페미니즘 반대한다' '남녀갈등 조장하는 페미니즘 물러가라' '창조질서 교란하는 페미니즘 반대한다' 등의 문구가 쓰여 있었다. 여러 성적 지향, 관계 지향에 대한 존중, 성별 이분법의 해체, 섹슈얼리티의 자유를 말하는 강연이 적잖이 불편했던 것이다. 따스하고 선량한 얼굴로 타자를 바꿔놓으려는 그들에게 많은 얼굴이 겹쳐 보였다. 의미를 독점하고 타자를 자신의 의미대로 바꾸려는 사람은 흔하고 흔하다.

강연 이후 '페미니즘으로 위장해 동성애와 문란한 성생활을 설파하는' 강연을 주최한 학생들 중 한 명은 무기정학 징계를 받았다. 아름다운 가정과 결혼을 꿈꾸는 그들은 동성애자와 문란한 여자가 학교에서 추방되어야 한다고 했다. 어떤 사람은 가엾은 나(페미니즘에 빠진 문란한 여자)를 위해 기도하고 있다고 하니 할 말을 잃었다. 가엾은 타인을 염려하는 건 자기효능감을 느끼면서 건강한 자아로 살아간다고 믿기 편리한 방식이다. 도덕주의자들은 그 낙으로 생의 허무를 견딘다. (성전을 부수고 다녔던 예수님은 앵무새처럼 경전만 외우는 그 도덕경찰들에게 질려버렸을 거다.)

차라리 말이 없는 자본주의에게 위로를 받는다. 무거워지는 몸을 예민하게 깨워두려고 테이크아웃 커피를 마신다. 담배를 입에 문다. 그것들을 사러 상점에 가면, 아주 가끔 내 머리 색깔이 왜 그런지 묻는 사람도 있지만 대부분은 무관심하다. 그들은 나의 사연에 관심이 없다. 자본주의가 무시무시한 건 이 친절함 때문이다. 담배와 커피는 말이 없다. 편의점에서 산 담배는 나에게 "몸에 안 좋게 담배를 몇 갑이나 피는 거지?" "너는 나이가 몇 살인데 아직도 결혼하지 않는 거지?" "여자인데 담배 피우는 것을 보니 애 낳을 생각은 없구나?" "무슨 일이 있길래 길거리를 헤매면서 나를 물고 있니?"라고 묻지 않는다. 타인과의 상호작용이라고는 오만과 편견이 전부인 세상에서 숫자로 거래되는 건 효율적인 구원이기도 하다. 지레짐작되는 것보다 숫자로 익명이 되는 게 나으니까. 외롭지만 다치지 않는 방법이다. 내가 거래라는 상호작용에 매료되는 이유이기도 하다.

무서운 생각이 엄습한다. 영원히 거래관계에서 벗어날 수 없는 걸까. 타자를 혐오할 수밖에 없는 인간에게 최선의 방식일까, 숫자로 교환되는 지금의 방식은.

이런 생각이 가능하려면 새벽 내내 일하면서도 야간수당을 받지 못하는, 방금 편의점 계산대에서 마주친 그 사람의 얼굴을 까먹어버려야 한다. 자본주의는 이렇게 나의 뇌에서 타자의 얼굴을 하나하나 지운다. 나의 손과 타자의 얼굴 사이에 두꺼운 장막을 세우면서. 많은 사람들이 이 장막 안에서 혁명 따위를 잊는다.

집으로 돌아와 노트북을 켜고 인터넷 서점 장바구니에 담긴 소설집을 주문하고 결제 버튼을 누른다. 나름의 싸움이다. 내가 있는 곳은 노트북이 있는 책상과 의자가 놓인 1평 안 되는 공간이다. 나의 세계는 책으로 다시 확장되고 나라고 불리는 정체성의 8할은 인터넷과 SNS가 담당한다. 내 옆에는 바닥에 떨어진 볼펜 끝을 씹고 있는 반려견 커리와 단짝이 있다. 이들의 얼굴을 바라보되 서로를 아는 체하지 않는 법을 배우고 있다.

다음은 중얼거리는 나의 기도문이다. '신이 있다면, 신이시여. 타자를 걱정하고 싶은 유혹으로부터 저를 구원해주소서. 의미를 소비하거나 생산하려는 저의 뒤통수를 때려주시고 장막을 파열시킬 힘을 주소서. 나 또한 분열된 인간이라는 걸, 소비에 중독된 인간이라는 걸 까먹지 않게 하소서. 내가 나를 타자로 느끼게 하소서, 아멘.'

덧붙여 근사한 소원도 빌어본다. 차별금지법 제정, 임신중절수술 합법화. 이건 사람을 죽이는 혐오의 다리를 무사히 지나가게 해주는 구급의약품이다. 법은 원래 바보였지만 이것조차 안 하는 국가공동체는 존재할 필요도 없다고 혼자 중얼거린다.

텅 빈 웃음

동네에는 아파트 단지와 양꼬치집, 횟집이 다닥다닥 붙어 있다. 먹자골목을 지나 한강 쪽으로 골목을 한 블록 넘어가면 나의 방이 있다. 건물 사이사이에 끼어 있어서 고립된 느낌이지만, 이 느낌이 나쁘지 않다. 햇빛이 잘 들지 않아 낮잠을 자기 좋고 새벽에는 노란 불을 켜고 조용히 작업하기 좋다. 문제는 몸을 움직이는 시간이 거의 없다는 거다. 잉여 에너지를 배출하거나 승화시킬 구멍이 필요하다. 몸을 움직이러 가는 클럽은 밤에만 열고 돈도 많이 든다. 집에서 혼자 춤을 추기엔 영 흥이 안 난다. 아무리 혼자 있는 게 편해도 느슨하게 사람들과 접촉하는 게 좋다.

얼마 전 뭔가가 필요하다는 생각에 산책을 갔다가 집 앞에 있는 오쇼명상센터를 발견했다. 꼭 우리 집처럼 건물 모서리 지하에 숨겨진 곳이다. 간판에 쓰인 이름은 '현대 액티브 힐링 명상센터'. 글씨체가 단어마다 다르다. '현대'는 현대적인 글씨체, '액티브'는 액티브한 글씨체, '힐링'은 바람 같은 글씨체, '명상'은 정적인 글씨체다. 간판의 엉성한 느낌에 묘하게 끌렸다. 그리고 오쇼라니. 내게 오쇼는 최초로 게으름과 허무의 철학을 언어화해준 사람이다.

명상은 가만히 앉아서 조용히 해야 한다는 일반적인 가르침과 달리 오쇼 라즈니쉬라는 놀기 좋아하는 인물은 웃고, 울고, 분노하고, 춤추는 명상을 만들었다. 오쇼를 처음 만난 건 매가리 없던 열여섯 살 때였다. 무료하게 책장 앞을 서성이다가 "삶은 가장 큰 웃음이다"라는 궁서체로 쓰인 책 제목이 눈에 들어왔다. 부모님 책인지 표지가 아주 낡아 보였다. '이렇게 지루한 삶이 가장 큰 웃음이라니 뭐라는 거야'라고 생각하며 책을 펼쳤다. 아무렇게나 펼친 페이지에서 처음 들어온 문구는 '게으를 자유'다. 게으를 자유라니. '우리는 너무 많은 것을 성취하고 성공하려 한다. 자신이 모든 걸 이루려고 한다. 삶이 뭐냐, 아무것도 하지 않아도 당신은 값지다. 게을러도 된다.' 이런 요지의 글이다. 인생을 달리라는 말만 들었지 게을러도 된다는 말을 들어본 적 없는 게으른 나에게 그 책은 신의 손길 같았다.

오쇼의 책을 책상 구석에 두고 공부하기 싫을 때마다 펼쳐 봤다. 공부하기 싫은 내가 이상한 게 아니라는 것도 깨달았다. '자기 이유로 하지 않는 공부가 무슨 재미가 있을까. 재미없는 일을 하지 말고 차라리 게으르게 있다 보면 하고 싶은 게 나타날 거야.' 이런 생각을 했던 것 같다. 마음 편하게 나의 느낌에 권위를 준 것이다. 게으름을 옹호해주는 그의 언어는 일하지 않을 자유와 호모루덴스(놀이하는 인간)가 존중받는 세상을 상상하도록 도왔다.

인도에 있을 때 오쇼센터에 대한 소문을 자주 들었다. 한국에 있는 명상수행자는 오쇼센터에 꼭 가보라고 조언해주기도 했다. 가보고 싶었지만 인도의 오쇼센터는 건물이 너무 으리으리해 보였다. 비용이 어마어마할까 봐 걱정되었고, 혹시라도 권위적인 분위기일까 꺼려졌다. 그리고 명상을 꼭 어딘가에

가서 해야 하나, 생각했다. 아무 데나 앉아서, 걸어 다니면서도 할 수 있는걸. 이런 생각으로 그곳에 찾아가지 않았다. 그런데 우연히 선물처럼 집 바로 앞에서 오쇼명상센터를 만난 것이다.

건조한 명상으로 진행되지 않을까 걱정됐지만 한번 참여해보자는 생각으로 명상센터의 문을 열었다. 센터 안에는 오쇼의 원서와 추상적인 에너지를 표현한 초록색, 파란색, 빨간색 그림이 걸려 있었다. 농도 짙은 누런 불빛. 어둡고 포근한 분위기다. 명상 안내자로 보이는 사람과 명상센터에 줄곧 왔을 것 같은 사람이 좌식 나무책상 앞에 앉아 차를 마시고 있었다. 오늘은 웃음명상을 할 거고, 수요일 저녁이라 마침 무료라고 했다. 안내자는 내게 안쪽 문으로 들어가 몸을 풀고 있으라고 했다. 안쪽 문을 밀자 동그란 공간이 나왔다. 나무로 된, 강당처럼 넓은 공간을 노란 불빛이 채우고 있었다. 높은 천장에는 중앙 형광등을 중심으로 얇은 흰색 천이 사방으로 뻗어 있었다. 한쪽 벽에는 흰색 테이프로 웃는 표정의 사람 얼굴이 덕지덕지 붙어 있었다. 곧이어 우람한 사운드의 클럽 음악, 힙합, 가요가 나왔다. 안내자와 다른 한 사람이 먼저 춤을 췄다.

외투와 함께 주렁주렁 달고 있는 목걸이와 귀걸이를 벗었다.

처음 보는 사람들 앞에서, 이렇게 밝은 곳에서 맨정신으로 춤이라니. 쭈뼛쭈뼛 춤을 추다가 눈을 감고 팔다리를 흔들었다. 곧 땀이 났다. 겹겹이 입은 옷 두 벌을 벗고 가벼운 티셔츠 한 장만 걸치고 몸을 풀었다. 얼마 만의 자유로운 춤인가. 이곳에선 춤을 막 춰도 된다. 나의 막춤은 사람들이 '인도 춤'이라고 부르며 놀리는, 허리를 구부렸다 펴면서 팔을 좌우 위아래로 마구 흔드는 몸짓이다.

몸을 푸는 시간이 지나고, 웃음명상 시간이 시작됐다. 안내자가 말했다.

"웃음은 언제나 억압받아요. 웃긴 상황에서도 웃는 걸 눈치 보게 되고요. 미친 것처럼 하세요. 미쳤다 생각하고, 다 신경 쓰지 말고 그냥 웃으면 돼요. 데구루루 굴러도 되고 누워서 웃어도 되고 점프해도 되고 배를 치거나 눌러도 돼요. 자신의 몸을 때리면 웃음이 더 잘 나올 거예요. 사람마다 웃음이 나오는 곳이 다르니까 몸을 많이 움직여보세요. 북을 한 번 치면 웃기 시작하는 거예요. 자, 시작!"

북이 울리고, 웃었다. 처음에는 사람들이 웃는 소리가 웃겨서 웃었다. 내가 여기서 지금 뭐 하고 있는 건가 싶고 이러고 있는 내가 어이없어서 웃겼다. 웃다 보니 배가 아파서 웃기고, 바닥에 장판과 이불이 깔려 있고, 누런 조명에 천장에 붙은 흰색 천이 나풀거리는 공간이 웃겨서 웃었다. 웃고 있는 내가 이상한 게 슬퍼지고, 울음이 나올 것 같은 내가 웃겨서 웃고, 웃다 보니 비명을 지르게 되는 분노가 웃겨서 웃었다.

내 안의 다양한 웃음소리를 발견했다. 마녀처럼 깔깔거리는 웃음소리가 가장 많이 나왔다. 소리가 점점 커져서 어디까지 커질지 궁금할 정도였다. 내게 이렇게 큰 웃음소리가 있다니. 나중에는 음침하게 흐느끼듯 내뱉는 낮은 웃음이 나왔다. 갓난아기처럼 응애 하는 비명 섞인 웃음, 분노 섞인 웃음도 나왔다. 배를 잡고 데굴데굴 구르다가 엎드려 바닥을 치고, 펄쩍펄쩍 뛰고 머리와 팔을 위로 흔들었다. 아이들이 트램펄린을 타면서 기운을 털어내듯, 한풀이를 하듯. 엑스터시, 혼돈의 공간이다. 여러 감정이 몸을 통과하는 게 느껴졌다. 슬픔, 그리움, 서글픔, 외로움, 분노, 허무, 고통, 환희가 웃음으로 나왔다.

15분의 긴 웃음이 지나고, 나머지 15분은 누워서 몸을 이완하며 대지의 기운을 느끼는 시간이다. 많이 웃어서 옆구리가 아프고 다리가 저렸다. 너덜너덜한 몸 안에서 아직 응축된 웃음이 꿈틀거리는 게 느껴졌다. 그러다가 텅 빈 순간이 왔다. 몸이 아주 가벼워서 없어질 것 같았다. 옆에서 누군가 코 고는 소리가 들렸다. 잠시 깊은 잠에 들었다.

누워서 하는 명상 후에는 노랫소리에 맞춰 '세상에서 가장 아름다운' 춤을 추는 명상 시간이다. 15분 동안 느낌이 가는 대로 몸을 움직이면 된다. 폴짝폴짝 뛰고 빙글빙글 돌면서 느리다가 빠르다가 다시 느리게, 불규칙적이고 흐물흐물하게 움직였다. 춤을 춘 후 함께한 사람들 세 명과 둘러앉아 느낌을 나눴다. 몽롱한 반수면 상태에서 나누는 꿈 같은 이야기가 오고 갔다. 칼리는 나의 또 다른 이름인데, 마침 분노를 표출하는 칼리명상도 있다고 한다. 칼리는 힌두교의 파괴와 분노와 정의의 신이다.

이후에도 몇 번 수요일마다 명상센터를 찾았다. 불을 끄고 생각나는 대로 아무거나 중얼거리는 이야기명상, 몸의 기운을 따라 움직임을 맡기는 무의식 춤명상, 가슴으로 호흡을 모으고 뱉으면서 고통을 들이쉬고 내쉬다가 울음이 터져버렸던 자비명상 등. 살면서 느끼는 감정을 압축적으로 몽땅 뱉고 나면 다 살아버린 것 같아 모든 게 허무하게 느껴진다. 기분 좋은 허무다.

인도에는 길에서 귀를 파주는 사람이 있다. 얼마를 내고 그에게 귀를 맡기면, 누구나 상상을 초월하는 귀지와 만난다고 한다. 지렁이보다 긴 귀지가 나오는 경우도 많단다. 나의 귀지를 볼 용기가 없어서 아직 그에게 귀를 맡기지 못했다. 언젠가 그에게 나의 귀를 맡길 것이다. 얼마나 많은 잉여와 타자가 내 안에서 나올지. 그 배설을 지켜보는 재미가 쏠쏠할 것 같다.

웃음명상을 한 후부터 자주 헛웃음이 나온다. 아무도 없는 길을 걸을 때 혼자 배를 잡고 웃어보기도 한다. 배가 아플 때까지 웃음을 뱉으면 바닥도 웃기고 고민도 웃기고 건물도 웃기고 나도 웃기다. 여러 감정이 몸을 통과하고, 감정과 거리를 두면 텅 빈 몸이 느껴진다. 아무것도 아닌 내가. '삶은 큰 웃음'이라는 말은 그저 행복을 찾으라는 교훈이 아니다. 삶이 무상하고 혼돈투성이라는 괴기한 선언이다. 의미를 수집하고 이름을 붙이고 상호작용을 만들어낸 생의 역할극, 모든 이름의 잔인함과 가엾음을 두고 엉뚱하게 웃어버리는 아이러니한 삶의 표정이다.

말할 수 없는 것들

우린 마치 저 쇼윈도에 보이는

줄줄이 꿰인 채 돌아가며 익혀지는 통닭들 같아.

우린 실은 이미 죽었는데, 죽은 채로

전기의 힘에 의해 끊임없이 회전하며 구워지는 거,

그게 우리의 삶이라는 거지. 죽음은 시시한 것이야.

왜냐하면 우린 이미 죽어 있으니까.

이미 죽어 꽂혀져 빙글빙글 돌아가고 있으니까.

그런데 기가 막히게 그게 우리의 삶이라는 거야.

_최승자, 〈서역 만리〉에서

'줄줄이 꿰인 채 돌아가며 익혀지는 통닭' 같은 내 몸은 생의 바퀴에 꿰어져 1년의 공전, 365일의 자전을 하면서 골고루 숙성된다. 29년마다 한 사람의 생의 바퀴가 돌아 태어날 때 달이 떠 있던 위치로 돌아온다고 한다. 스물아홉 살이 된 나의 하늘도 한 바퀴를 돌았다. 나머지 생은 29년과 비슷한 패턴으로 반복된단다.

운명학이라 불리는 점성학과 사주명리를 공부하면서 작년 겨울을 났다. 태어난 시간과 계절의 습도와 온도, 해와 달과 별의 위치로 삶을 더듬는 학문이 점성학과 사주명리다. "탄생은 외상"이라고 한 양효실 미학자의 말처럼, 탄생은 엄청난 트라우마의 순간이다. 그 충격의 순간 온갖 오염 물질과 별의 기운이 처음 숨을 들이쉬는 몸으로 들어온다. 누구에게나 강렬한 별의 흔적이 몸에 새겨져 있다. 11월 밤에 태어난 내가 처음 만난 온도와 습도는 겨울, 해가 저문 습한 밤이다. 태어난 날은 나무와 불의 기운이 많았던 때다. 꼭 그때의 온도와 습도가 내 몸에 스펀지처럼 흡수되었다. 건조하고 뜨거운 불과 축축하고 차가운 물이 교차하는 사주팔자가 새겨진 나의 몸은 극단의 조증과 울증을 오간다. 불과 물 사이를 오가는 일상은 태어나는 순간 어느 정도 예정되었던 걸까. 탄생한 순간의 태양과 달과 별의 위치가 찍힌 동그란 별자리 차트를 바라보면, 내가 입고 있는 옷과 나의 기억이 낯설어진다. 나라고 굳게 믿어온 나의 특성을 동그란 별의 위치가 먼저 말하고 있다. "나는 ~한 사람이야"라고 표현하는 나를 어쩌다 나라고 인식하게 되었는지, 어떤 게 나답다고 착각하게 된 건지 모르겠다.

운명학은 '나다운' 것에 대한 착각을 무너뜨려서 흥미롭다. 생에 의미를 부여하기 전에 내가 쥐려고 했던 의미를 멀리서 바라보게 한다. 운명을 상담해주는 상담소를 찾아가는 것보다 내가 직접 운명을 구성하는 기호를 공부하는 것이 나의 빈틈과 내가 쥐고 있는 의미가 무엇이었는지 들여다보기 좋다. 어떤 신이 있고, 그래서 오직 고유한 나를 창조했고, 나라는 신화가 만들어지는 신비한 자기서사가 없는 이런 운명관은 허술하게 느껴질 수 있다. 자기신화를 재촉하는 자기계발서와 다르게 뚜렷한 결론과 해답이 없기 때문이다.

점성학과 사주명리, 기타 점술이라고 불리는 것이 '미신'이고, 운명은 없다고, 스스로의 의지가 중요하다고 생각한다면 묻고 싶다. 우리는 모두 의존적이고, 서로가 없으면 스스로를 확인할 수 없는 연약한 몸들이 아닌가. 그렇지 않다면 어떻게 타자의 표정에 따라 나의 표정이 달라질 수 있을까. 다른 이들과 독립된 자기주체성이라는 환상은 나와 타인의 재난, 나와 봄에 내리는 눈송이, 나와 미세먼지가 마치 관계가 없는 것으로 착각하게 만든다. 그런 착각을 믿는 분절된 자기신화야말로 맹목적 미신이 아닐까. 운명, 점술, 오행, 기호 어떤 것이든 자기 자신에게서 배제할 필요는 없지 않을까. 모든 건 연결의 흔적이니까.

인간만을 위한 신이 있다고 말해주지 않는 불친절함, 고유한 자기신화를 설명해주지 않는 텅 빈 기호가 좋다. 어떤 별의 흔적과 거기서 유추한 불, 물, 나무, 흙, 금의 기운과 동물로 비유된 십이지의 속성으로 말하는 외국어 같다. 누구든 이 언어로 자신의 새로운 서사를 만들 수 있다. 운명학은 삶의 빈 공간을 채워주진 않는다. 죽어서 인간이 어떻게 되는지, 인간은 왜 만들어졌고 나는 어떻게 살아가야 하는지 알려주지 않는다. 애초에 말할 수 없는 것들이다. 그 빈 공간을 내버려두는 힘이 순간을 살게 한다. 텅 빈 공간에서 운명의 기호는 시의 조각처럼 메타포를 건네준다.

멀리서 너를 보고, 더 멀리서 나와 너를 보는 시야를 선물해주는 기호다. 너와 나는 당연하게도 다르고, 매일매일 달라지는 별과 햇빛의 농도처럼 너는 어제 알던 네가 아니다. 기준을 잡고 싶어서 공부하다 보면 기준이 사라져버리고, 기준을 붙잡으려던 나까지 사라져버리게 되는 서늘한 순간을 선물 받는다. 나라는 장벽이 무너지고 타자의 얼굴이 보인다. 텅 빈 공간이라서 신비다.

겨울이 지나고 오랜만에 서점에 갔다. 서점에는 종교학, 신학, 문학, 심리학, 사회과학, 경제학, 자기계발 등의 코너로 분류된 책장이 일정한 공간을 만들며 서 있다. 사람들은 이 코너에서 저 코너로, 각각의 언어가 끌어당기는 중력장에 모이고 흩어지면서 삶을 해석하고 이해한다. 삶의 표정은 너무 풍부해서 어떤 언어로 해석하든 해석될 수 있고, 어떤 의미 부여든 가능해서 누군가 의미를 독점하기도 쉽다.

여러 코너를 지나 시집이 있는 책장 앞에 섰다. 무작위로 펼친 시집의 어느 한 장에서 누군가의 고유한 순간을 마주한다. 시큼한 냄새가 나기도 하고, 그의 순간으로 들어가 몸이 사라지기도 하고, 죽비로 머리를 내리치는 통증을 느끼기도 한다.

여기서 별과 중력과 물과 불이 만나고, 모든 의미는 의미가 없다. 그저 이 순간을 붙잡고 싶다.

열렬하게 절망하다

보름마다 울증, 경조증, 조증이 지나간다. 이쯤 되면 우울하고, 또 이쯤 지나면 설레고 들뜬다. 또다시 우울한 내가 웃겨서 웃고, 이런 내가 우스워서 웃는다. 절망하다 보면 웃음이 튀어나온다. 도착지는 웃음이다. 웃음은 대체 뭘까.

기괴하거나 일반적이지 않고, 예상을 뒤엎는 충격을 받을 때 웃음은 터진다. 감정은 임계점에 달하면 웃음이 된다. 물이 수증기로 기화하는 순간처럼. 아주 환멸스러울 때도 웃음이 나고, 어이없게 아프고 슬프고 절망할 때도 웃음이 터진다. 허무한 생에서 터뜨릴 건 웃음밖에 없어서일까. 허무를 허무해하고 그것을 냉소하고 냉소를 냉소하고 절망을 절망하며 우울까지도 부정하고 부정까지도 부정하는 아이러니의 폭발물이다.

귀신 중에 웃는 귀신이 가장 떼어내기 어렵다고 한다. 기존의 언어로 말이 안 통하는, 막무가내의 혼돈이라서 그렇다. 더러운 약자의 웃음은 공포다. 마녀의 웃음과 광인의 웃음도 그렇다. 힌두교 파괴와 정의의 신 칼리는 아수라의 피를 몽땅 마신 후 혀를 내민 괴기한 표정으로 춤을 춘다. 더럽고 비참하고 혐오스러운 존재의 아무렇지도 않은 흥얼거림은 그 자체로 호러다. 웃음은 혼돈의 잔재이고 출발이다. 분홍빛 행복이 아니라 핏빛의 파괴다. 심각한 권력을 위협하는 건 더러운 자들의 웃음이다. 연극 무대의 허술한 뒤편에 서서 엄숙한 역할극을 볼 때의 우스움. 그 웃음이 작은 것들의 신이고 무기가 아닐까.

미친 듯 울어본 사람은 알 것이다. 지루할 만큼 울다 보면 웃음이 터지고 웃으면서 울게 되고 울면서 웃게 된다. 허무하려면 끝 간 데까지, 절망하려면 열렬하게 절망하는 게 건강에 좋다. 절망 밑바닥에서 만난 웃음은 심장을 단단하게 한다. 두려움을 갈아버린다.

2

검은 위로

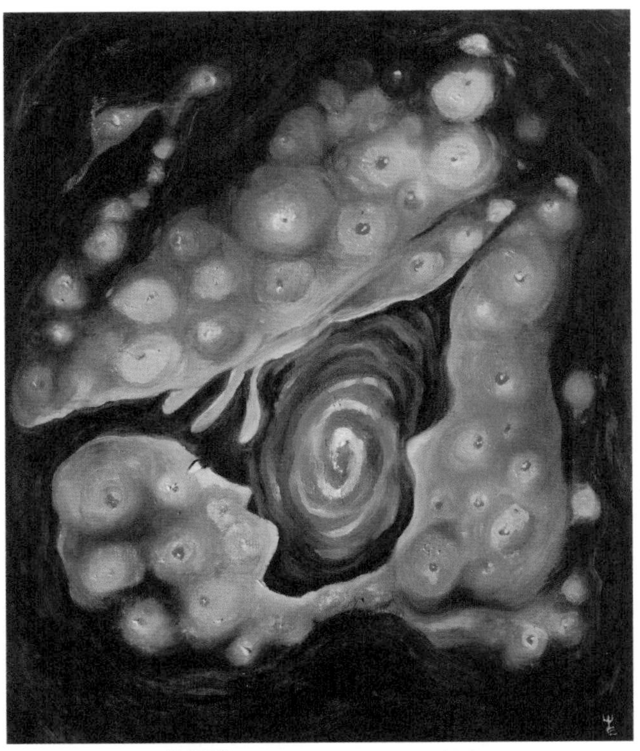

〈곰팡이〉 530×455, Oil on Canvas, 2018

살아 있는 동안 꿈도, 악몽도 계속된다
고통은 끝나지 않고 저항도 피할 수 없다

변화시킬 수 있는 전부는 오늘이라는 공간이다
불 꺼진 방에서 촛불을 켠다

내가 특별히 연약하거나 불행하다고 생각하지 않는다
사람들이 지나치게 강한 게 아닐까
아니면 아픈 속살을 가리려고 색색의 겉옷을 입는 것인지도

아파야 정상일 법한 세상에서
사람들의 나약함을 건드리고 싶다

〈이끼〉 455×379, Oil on Canvas, 2018

〈이인의 중력〉 727×500, Oil on Canvas, 2018

상처가 곪은 피부의 맨 안쪽
누구나 직면하게 될 틈새의 맨 밑바닥
죽음과 허무의 뒤편에 서서 모든 걸 끌어안고 싶다

정직하게 절망하는 이인들과

어떤 하루

2년 전, 인도 중부 지역인 다람살라의 맥로드간즈에서 지낸 적이 있다. 맥로드간즈는 높은 산 중턱에 자리 잡은 수많은 산마을 중 한 곳이다. 많은 여행자들이 그곳을 휴양지처럼 거쳐 간다. 겨울이면 따뜻한 남쪽 고아로 내려가고, 여름이면 북쪽으로 향하는 히피와 장기여행자들이 여름을 즐기는 박수마을이 근처에 있는 곳이기도 하다.

다람살라에는 티베트 망명정부가 있어 나와 얼굴색, 눈 색깔이 비슷한 사람들이 많이 거주하고 있다. 국적은 인도지만, 마을 사람들 대부분이 티베트인이고, 인도 현지인, 이스라엘과 유럽에서 온 여행자들과 섞여 지낸다. 나는 다람살라에서 지내는 동안 알람 없이도 비슷한 시간에 눈을 떴다. 눈 뜨고 제일 먼저 들었던 생각은 '뭘 먹을까'. 티베트 식당에서 텐툭(수제비 같은 채소죽)을 먹을지, 푸리지(오트밀죽)를 먹을지 고민했다.

그곳은 비가 자주 왔다. 비가 오는 시기에는 한번 비가 오면 번개와 천둥이 요란했다. 하늘이 맑은 날엔 깡마른 나뭇가지 같은 번개가 고스란히 비쳤다. 비가 내릴 때 해가 구름 사이를 비추면 산과 산 사이로 커다란 무지개가 그려졌다. 벽이 뚫린 카페에 앉아 있으면 종업원과 손님들이 "무지개다" 하면서 일제히 고개를 돌렸다.

그날은 비가 많이 오지 않으면 근처 숲속까지 10분 정도 걸어가야 하는 교회로 산책을 갈까 생각했다. 7일째 생각만 하고 있다. 우선 매일 가던 식당에서 바람을 맞으며 밥을 먹고 책을 봤다. 어제도 봤던 식당 주인과 인사하고, 안부를 물었다. 매번 같은 곳에서 식사를 하니 식구 같다. 마을이 거대한 식구 같다. 각자의 숙소가 있는. 길거리를 지나다니는 사람들은 얼굴이 익숙해질 때쯤 떠났고, 다시 익숙한 얼굴이 될 때쯤 떠났다. 나도 그곳을 떠나왔다.

가끔 한국인 여행자들을 마주쳤다. 그럴 때마다 한국에 가는 상상을 했었다. '비행기에서 내려 공항에 도착하면 먼저 핸드폰을 개통하겠지. 50만 원이 넘는 핸드폰 미납요금이 있을 테고, 그걸 내야 전화 수신이 가능할 것이다. 가을옷을 입고 있는 나는 터벅터벅 인천공항을 나오며 여름의 후끈거리는 날씨를 느낄 거다. 그리고 어디론가 가겠지. 대학로 고시원에 다시 들어갈까? 그러면 한 달 방세 30만 원을 내야 할 거다. 30만 원이면 인도에서 한 달 생활비인데. 짐을 풀고, 생활에 필요한 이것저것을 사야겠지. 아니면 살던 방에 가게 될까. 3평 되는 방에 짐을 풀고, 인도에서 사 온 천을 주렁주렁 매달아 방 안을 인도처럼 꾸며놓을 거다. 밤에는 인도에 가는 꿈을 꾸겠지. 핸드폰 요금을 내면 핸드폰으로 문자와 전화가 올 거다. 우선 벌금 독촉 문자 같은 게 날아올 거다. 지금도 날아오지만. 몇 건인지 모르겠지만 조사받고, 재판을 준비하고, 벌금을 처리해야 할 거다. 벌금을 절대 내고 싶진 않으니 노역장에 들어가게 될까? 노역장도 나쁘지 않을 것 같다. 노역장 안에서 글을 쓸 수 있을지는 모르겠지만, 노역을 하면서 이런저런 생각을 하게 될 거다. 그러면 뭔가 하고 싶어지겠지. 그리고 그걸 하게 되지 않을까.' 예상대로 나는 한국에 돌아와 핸드폰 요금을 내고, 방을 얻어 인도처럼 꾸미고, 노역장에 다녀온 후 하고 싶은 이것저것을 하면서 지내고 있다. 나는 꿈에서 인도와 그 마을로 자주 돌아간다.

2016년 여름, 무지개가 보이는 다람살라의 카페에서 썼던 글이다.

'이곳은 산에서 무지개가 휙휙 그려지고, 안개와 구름이 창문으로 터벅터벅 들어온다. 너무 적나라한 아름다움에 허무를 느낀다. 이 무의미에서 자기 기억과 의미와 열정을 연결해가는 게 삶이라면 나는 충실히 삶에 취해 살고 있는 걸까. 푸석푸석한 무의미를 직면하면서 사는 건 열정적이지 못한 걸까. 무의미한 생을 그대로 느끼고 싶다. 아무렇게나 그려지는 무지개처럼.

바닥에 투명한 애벌레가 긴 몸을 끌고 기어가고 있다. 울타리 바로 아래 그림자 쪽으로 향하더니 벽 앞에 가만히 서 있다. 밖으로 나가고 싶은 걸까. 초록 풀이 그립겠지. 내가 그를 들어 올려 초록 풀잎에 올려주면 좋아할까. 아니다. 그는 벽 앞에서 마음의 준비도 해야 할 테고, 왔던 길을 돌아갈지, 아니면 벽을 오를지 결단하겠지. 고민한 시간만큼 가벼워진 다리로 벽을 오르거나 길을 되돌아갈 거다. 이렇게 생각하는 동안 애벌레는 벽 아주 작은 틈 속으로 사라졌다. 벽을 올라서지도 않고 길을 되돌아가지도 않고 벽을 뚫었다. 나에겐 보이지 않는 틈새를 찾은 걸까. 원래 다니던 길이었을까. 내가 그에게 도움이 되고 싶은 마음은 초록 잎 한 가지만 구원이라고 생각하는 무지, 아니 오만일까. 나는 아직도 삶을 가만히 두지 못한다.

빗방울이 점점 세게 떨어진다. 빗물이 지붕을 두드리고 천둥소리가 들린다. 지금을 보라는 신호다.'

눈물의 모양

2년 전 네팔의 파슈파티강가 화장터에 갔었다. 인도의 갠지스강처럼 그곳도 히말라야산맥의 강줄기가 지나는 곳이다. 강의 양쪽에 장례식을 치르는 원 모양의 돌들이 일정한 간격으로 놓여 있다. 강 한편에 있는 돌로 된 계단에 앉아서 죽은 사람들과 죽어가는 사람들의 행렬을 봤다. 한쪽 원에서는 희뿌연 연기가 타오르고, 그 주위에 모인 사람들은 무덤덤한 표정으로 강물과 연기, 주검 주변을 서성였다. 다른 무리 중 한 사람은 주검 앞에 앉아 눈물을 흘리고 있었다. 멍하니 그들을 바라보다 눈물이 흘렀다. 비가 내렸다. 머리가 젖게 두었다. 맨발로 빗물을 밟았다. 허리를 굽혀 강물에 손을 담궜다.

울어야 하는 사람에게 빗방울은 고맙다. 회색 강물은 일정한 속도로 천천히, 굽이치면서 흘렀다. 물 위에 과자 봉지와 플라스틱 조각들이 둥둥 떠 있었다. 사람이 타고 남은 재가 넘치는 빗물을 타고 강물로 흘렀다. 어떤 재는 물 아래로 가라앉고 어떤 재는 검은 먼지가 되어 강물 표면을 둥둥 떠다녔다. 어떤 사람들은 나처럼 비를 맞고 어떤 사람들은 우산을 쓰고 지붕이 있는 곳으로 갔다. 원형의 돌 근처에서 울던 사람은 계속 울고 있었다. 우산을 들고 서 있던 사람 중 몇몇이 옷을 벗고 강물로 들어갔다. 차가운지 몸을 바르르 떨었다. 뒤에 있던 사람들도 하나둘 흩어진 조각들이 떠다니는 강물에 몸을 담궜다. 강아지들은 계단에 그대로 누워 있었다. 이곳에 사는 것처럼 보이는 사두 두 명은 강에 발을 담근 채 주황색 천을 허리에 두르고 앉아 있었다.

그때 연락이 닿았던 친구의 메시지가 떠올랐다. '한국은 연옥이야. 이곳도 장마철인데, 거기 있는 네가 부러워.' 이런 생각을 했다. '한국도 축축하겠구나. 그러나 이곳처럼 마음껏 축축하진 않겠지. 그곳에서는 늘 성급히 눈물을 닦아야 했으니 말이다. 합리와 실용이 장악한 세계에서 눈물은 고귀하지만 결국 닦아내야 한다. 건설적인 일에 방해가 되기 때문이다. 이곳에서의 하루하루는 꿈 같아서 금방 흩어질 것 같다. 나는 왜

이곳에 왔을까.'

~

축축한 것들이 좋다. 인도와 네팔 문화에 깊숙이 자리한 힌두교에는 파괴의 신인 시바가 있다. 파괴하는 시바는 눈물을 다그치지 않는다. 죽음도 순환의 일부라서 그렇다. 불확실한 삶과 축축한 어둠을 끌어안는다. 현실에서 탈락된 고통의 비명, 짐승 같은 울음소리와 재 묻고 때 낀 몸을 품는다. 강가 여기저기에 누워 있는 노숙인과 사두, 아무거나 주워 먹는 개처럼 모호해서 사라질 것 같은 존재를 허용한다.

상상과 혼돈, 연약함과 모호함, 혼탁함과 축축함, 방랑과 실종, 절망과 우울을 숨 쉬게 두는 강가에서 다시 맴돌고 싶다. 나는 오늘도 눈물을 흘렸고, 앞으로도 말하다가 울고 웃다가 울 거다. 울면 어떻고 아프면 어떤가. 병들고 늙고 약한 것을 고치는 게 아니라 그것의 온전함을 아는 각성이 필요하다. 눈물은 무능이 아니라 열린 감각의 증거다.

비가 그친 후 파슈파티강은 쓰레기와 잿더미로 썩은 물 냄새가 나고 혼탁해졌다. 강물은 더럽지 않다. 물결은 햇빛에 반짝인다. 하늘을 비추고 밑으로 흘러간다. 혼탁해도 물의 성질은 변하지 않는다. 물처럼 변하지 않는 성질을 누군가는 존엄이라고 말했다. 세상에는 더러운 것이 없다. 혹은 모두가 더럽다. 눈물은 흐르는 만큼 흩어지고 흩어지는 만큼 만난다.

불 꺼진 방에서 촛불을 켠다

머리에서 나무가 자라는 꿈을 꿨다.

꿈에서 나는 긴 머리카락을 풀고 있었다. 목화솜이 머리카락에 드문드문 엉겨 붙어 있었다. 목화솜을 하나씩 떼어내도 다시 머리카락에 앉았다. 어디서 떨어진 거지, 하면서 이마와 정수리 쪽을 만져보니 나무가 자라나 있다. 정수리 한가운데에 손목보다 가늘고 딱딱한 황금색 줄기가 서 있다. 줄기 위로 반쯤 굳은 노란 액체가 감싸고 있고, 맨 위에 초록 풀이 두 가닥 자라난 나무다. 이렇게 생긴 나무는 처음 본다. 신기해서 손으로 줄기를 만졌다. 화장실에 가서 거울을 보면서 빛나는 나무줄기를 만지작거리는데 좁쌀만 한 검은 벌레가 이마로 떨어졌다. 하나, 둘을 잡아내자 수십 마리가 떨어졌다. 정수리에 박힌 나무뿌리에서 나오는 벌레였다. 벌레가 많은 나무뿌리 쪽을 청소하거나, 나무를 뽑아야겠다고 생각했다. 혼자 나무를 뽑으면 머리에서 피가 날 것 같아서 조치가 필요했다. 머리에 돋은 나무를 한 손으로 쥔 채 동네를 돌아다니며 미용실을 찾았다. 겨우 찾은 미용실에 찾아가 나무를 뽑아달라고 했다. (병원이 아니라 미용실이라니.) 미용사가 머리를 보더니 기겁했다. "어머, 뿌리에 노란 고름이 꽉 찼어요!" 그녀의 말을 듣고 순간 수치스럽고 놀라서 잠에서 깼다. 꿈이 너무 생생해서 손바닥으로 정수리를 더듬었다. 나무는 없다.

2015년 세월호 1주기 추모집회에서 연행되어 유치장에서 잠들었을 때 꾼 꿈이다. 유치장에서 나온 다음 날, 집단 꿈 분석 그룹에서 내 꿈을 나눴다. 꿈 분석 그룹의 진행자인 고혜경 선생님은 꿈속의 나무가 우리 사회 같다고 했다. 겉모습은 황금처럼 견고하고 단단해 보이지만 속은 썩어 문드러지고 있는 세상. 노란 고름은 곪아 터진 흔적이고, 그 위에서 자라는 초록 풀은 싸우면서 움트고 있는 희망 같다고 말이다. 나는 나무가 나의 남근, 뿔, 왕관 같았다. 생명을 위협하는 걸 알면서도 머리에 아름다운 뿔을 자라게 한 허영과 허위의식이기도 하다. 특별한 내가 되고 싶은 욕망은 끝없다. 나무는 썩어 문드러진 사회의 집단 무의식이자 모순투성이의 내 모습이기도 하다.

매일 꿈일기를 쓴다. 꿈에서 나온 장면을 그려보기도 한다. 꿈은 내 안의 소우주가 내게 보내는 은밀한 메시지다. 악몽은 특히 중요한 편지라고 한다. 꿈이 무슨 의미인지 더 알고 싶을 때는 타로카드를 뽑아본다. 타로는 가부장제 이전 세계의 상징을 표현한 마더피스 타로카드와 위계적인 가치체계를 벗어난 오쇼 젠 타로를 사용한다. 이 꿈이 내게 보내고 싶은 메시지와 내가 보지 못하는 것이 뭔지 질문하고 카드를 뽑아보면 도움이 된다. 비합리적인 꿈을 사색하고 쓰고 그리는 일은 살아 있는 동안 계속될 작업이자 나와의 끊임없는 대화다.

박근혜, 최순실 국정 농단에 상처받은 사람들은 "합리성의 위기다" "다음 대통령은 합리적인 사람이 되어야 해"라고 말했다. 박근혜보다 합리적인 사람이 대통령이 되면 끝나는 문제일까. 정말 비합리가 적일까. 합리적인 성차별주의자, 합리적인 제국주의자, 합리적인 개발주의자(자연파괴자)면 괜찮은 건가. 약자혐오와 편견도 합리의 이름으로 작동되어왔다. '비합리'적인 여성, 성소수자, 동물에 대한 합리적인 '그'들의 우월의식이 폭력을 정당화한다.

현대인은 자신의 감정, 어젯밤 꾼 꿈이나 느낌에 권위를 주지 않는다. 기존 질서가 인정하는 합리의 언어에만 권위를 주기 때문이다. 나는 합리가 사라지는 것보다 어젯밤에 만난 꿈의 장면, 불규칙한 거미줄을 보고 무언가 발견하는 감각이 사라지는 게 더 두렵다. 상상의 빈자리에 손쉬운 편견이 채워진다.

이슬람교에서는 살아가는 동안 자신을 수행하는 공간을 '지하드'라고 표현한다. 두 개의 지하드가 있다. 작은 지하드가 이 세계와의 투쟁이라면, 큰 지하드는 자신과의 투쟁이다. 큰 지하드에서 눈을 부릅뜨고 있는 사람은 작은 지하드에서도 이미 이긴 싸움을 한다. 살아 있는 동안 꿈도, 악몽도 계속된다. 고통은 끝나지 않고 저항도 피할 수 없다. 변화시킬 수 있는 전부는 오늘이라는 공간이다. 불 꺼진 방에서 촛불을 켠다.

추락

어느 겨울, 평소처럼 사람들과 만나고 있었다. 갑자기 숨이 가빠졌다. 심장이 빠르게 뛰고 팔이 떨리고 목구멍에 멍울이 걸린 것 같았다. 목소리를 내보려 했지만 가늘게 진동해서 말을 하기 어려웠다. 조용히 밖으로 나가 숨을 들이마시고 내쉬었다. 한참을 숨을 들이마시고 내쉰 후 다시 사람들이 있는 공간으로 돌아갔다. 처음보단 나아졌지만 여전히 숨을 쉬기 불편했다. 집으로 돌아온 그날 새벽 갑자기 울음이 터졌다. 망가진 수도꼭지처럼 게걸스럽게 울었다. 배에서부터 끓어오르는 눈물이었다. 왜 눈물이 나오는지 알 수 없었다. 허무와 분노, 열망과 무기력 어딘가에서 길을 잃은 느낌이었다.

증상은 계속됐다. 아침에 식사를 하려고 밥상 앞에 앉았을 때 또다시 숨쉬기가 힘들어졌다. 오랜만에 찾아간 정신과에서 의사가 안경을 올리며 말했다.

"불안이 많은가 봐요. 오랜 우울증에 공황 증상도 온 거예요."

그는 우울증 약을 먹고 있는지 물었다. 몇 개월 전 약을 처방 받았지만, 약을 먹으면 몸의 감각이 둔해지는 느낌이 들어 최대한 먹지 않았다. 우울증 약을 먹은 후 손목이 잘리는 꿈을 꿨다. 내 감각이 진정 혹은 마비되는 게 불편하고 불안했던 것 같다. 우울증 후에는 조증이 찾아오는데, 밑바닥을 찍고 올라갈 때의 느낌이 좋기도 했다. 의사는 다시 숨 가쁜 느낌이 들면 종이봉투 같은 것에 코와 입을 대고 숨을 쉬라고 했다. 산소가 너무 많이 들어오면 어지러워서 증상이 더 심해질 수도 있다고 했다. 숨이 안 쉬어지는 것 같아서 숨을 쉬는 건데 실제로는 산소가 너무 많이 공급되어서 어지러운 거다. 이미 충분한 산소가 부족하다고 느끼려면 얼마나 불안해야 하는 걸까.

"적어도 2주 동안 꾸준히 약을 먹어야 효과가 있어요."

우울증 약을 꾸준히 먹어야 한다는 의사의 말을 듣고 생각에 잠겼다. 약을 먹으면 극복될 수 있을까. 언제까지 이래야 할까. 나는 완전히 망가져버린 게 아닐까. 왜 불안할까. 불안한 것을 불안해하지 말고 내버려두면 안 될까. 울퉁불퉁한 세상에서 흔들리는 게 정직한 거 아닌가.

2주 동안 약을 꾸준히 먹기로 했다. 하루에 두 번 식사 후 흰색 약 두 개를 삼킨다. 나약함을 극복하기 위해서가 아니라 나약함과 차분하게 숨 쉬기 위해서다.

우울증은 어떤 병일까. 누군가는 만들어진 질병이라고 하고, 누군가는 지나가는 감기나 극복해야 할 병이라고 말한다. 여성학자 모린 머독은 우울증을 '자발적으로 소외되는 시간'이라고 했다. 빛나는 위쪽, 목표로 향하는 남성 중심의 경기장에서 이탈해 나무와 진흙을 만나는 시간. 내게도 그런 시간이었다. 우울증은 손가락에 물감을 묻혀 그림을 그리게 해주고, 타인의 슬픔 속에 머무는 방법을 알려주었다. 광장을 맨발로 걸어 다니게 하고, 꿈에서 진흙을 밟게 도와주었다. 길을 잃으려고 땅속으로 하강했던 것이다.

미세먼지가 건물 사이사이를 빼곡히 채운 오늘이다. 흰색 페인트로 덧칠한 높은 건물에서 나와 딱딱한 아스팔트 위를 발바닥에 붙은 고무창에 의지해 바쁘게 지나다니는 걸음을 보면서 사람들이 지나치게 강한 게 아닐까 생각한다. 아니면 아픈 속살을 가리려고 색색의 겉옷을 입는 것인지도. 왜 '모두

병들었는데 아무도 아프지 않'을까. 아파야 정상일 법한 세상에서 사람들의 나약함을 건드리고 싶다. 건물의 뿌리로 추락해 다 같이 길을 잃고 싶다. 추락은 소란을 일으키고 땅에 균열을 낸다. 밑바닥에서 뚫고 나오는 에너지다. 더 크게 울면서, 팅팅 부운 눈으로 능청스럽게 말 걸기로 한다.

> 강한 여성은 강렬하게 사랑하고 강렬하게 울고 강렬하게 두려워하고 강렬하게 욕구하는 여인이다. 그녀는 돌처럼 강한 것이 아니고 새끼를 핥는 늑대처럼 강하다. 강인함이 그녀 안에 있는 것은 아니다. 바람이 돛을 채울 때 그녀는 강인해진다. … 우리가 함께 만드는 것이 강하다. 우리가 모두 함께 강해질 때까지 강한 여성은 강렬하게 두려워하는 여인이다.
>
> _마지 피어시, 〈강한 여성들을 위하여〉에서

별로 살고 싶지 않습니다

손목병원 ——

스물세 살 늦가을이었다. 갈색 옷을 입고 엎드려 있던 내 손목을 감싸 쥐고 소방관이 구급차 침대로 옮기며 말했다.

"얼마나 힘들었으면 그랬어요. 착해서 그래. 착한 사람들이 이렇게 힘든 세상이야. 많이 힘들었죠."

어렴풋하게 들리는 그의 말이 깊게 들어온 건지, 뜨거운 눈물이 고였다.

침대에 실려 나는 근처 대학병원으로 옮겨졌다. 차가운 침대에 나뭇가지처럼 누워 있었다. 감은 눈에서 주황색 불빛이 보였다. 병원 안의 환한 백열등 불빛이다. 보호자를 부르는 간호사들의 목소리, 의사들의 바쁜 발소리를 지나자 공장의 컨베이어 벨트가 멈추듯 침대도 멈춰 섰다. 여러 침대를 지나 구석진 창문 근처로 온 것 같았다. 의사로 느껴지는 발소리가 내 옆에서 멈췄다.

"왜 죽으려고 했어요?"

내 명치를 꾹꾹 누르면서 물었다. 대답할 힘도, 눈을 뜰 힘도 없다. 그럴 필요도 없다.

"왜 죽으려고 했냐고요."

다시는 자살 시도를 하지 못하게 하려는 걸까. 의사는 몇 번이고 다급하게 물었다. 내가 벌떡 일어나서 이러이러하기 때문에 죽으려 했다고 말해주길 바란 걸까. 의사가 명치를 누르는 동안 주위에서 비명소리, 환자와 보호자가 흐느끼는 소리가 들렸다. 고통스러워도 이렇게 살아보려고 하는 사람이 많은데 자살을 왜 하냐고 타박하고 싶었던 걸지도 모른다. 그는 작동이 멈춘 기계를 두드려보듯 나를 눌렀다. 보호자가 곁에 왔는지, 그가 다른 사람에게 물었다.

"남자친구랑 헤어졌어요?"

그가 예측한 첫 번째 자살 동기다. 사랑하는 남자에게 버림받아서. 자살한 젊은 여자를 읽는 흔한 방식이다.

"왜 죽으려고 한 거예요?"

언니가 뭐라고 말하는 소리를 들은 것 같지만 잘 기억나지 않는다. 우울증이라고 했을까? 그냥 단순 사고? 비합리적 충동? 어린 시절의 상처? 의사의 목소리가 들렸다.

"그럼 왜 그랬을까요."

목소리가 점점 멀어졌다. 주삿바늘이 팔에 주렁주렁 달리고 무언가가 몸에 들어오는 것 같았다. 입이 바싹 마르고 손목이 따끔거렸다. 정신의 공허가 피부의 통증도 마비시킨 걸까. 주삿바늘이 들어오고 손목이 따끔거려도 고통스럽진 않았다. 눈을 감은 채 정면을 응시했다. 생과 사의 경계도 아니고, 나는 명확히 살아 있다. 살아서 병원으로 옮겨졌고 언젠가 이 침대에서 일어나 내 발로 걸어 나가야 할 것이다. 눈을 감아도 보이는 불빛이 차단되도록 깜깜하게 눈을 감길 바랐다. 까마득한 지금을 뒤로하고. 돌연 잠들었다.

사람들이 나를 웃기려고 하는 소리가 들렸다. 어두운 방에 쨍쨍하게 빛을 비추려는 듯, 눈 뜨지 못한 내게 사람들이 다가와 아무렇지 않게 말을 건넸다. 의사가 심각하게 하지 말고 가볍게 대응하라고 조언해준 것 같다.

"실존주의가 이래서 문제야. 쟤 실존주의 책 그만 읽게 해."

애인이던 그의 목소리가 멀리서 들렸다. 나의 죽음은 실존주의의 그것으로, 혹은 애인과의 이별 때문으로 읽힐 뻔했구나. 아니 읽히고 있다. 죽어도, 죽지 않아도 읽힌다.

그는 나의 옛 연인이자 4년 동안 함께 사회문제를 공부하고 해결하고자 한 동료다. 열여섯 살 때 자살에 실패한 후 세상에 뭐라도 도움이 되자고 생각해서 살아왔다. 내 삶은 거저 얻은 것이고 나는 어떻게 되든 상관없이 사회운동에 전념할 수 있었다. 가치, 구호, 성과, 목표, 조직의 임무, 수행, 과업으로 점철된 글자가 달력을 빼곡히 채웠고, 하루하루는 그것의 달성을 위해 존재했다. 그게 삶의 이유였다.

그의 말처럼 카뮈의 〈광인〉 같은 글을 즐겨 읽었지만 그게 다가 아니다. 실존주의 책에 주입받아서가 아니라, 내 명확한 감각이 세계와 삶이 완전히 무의미하다고 느꼈다. 모든 건 무의미하고, 의미는 어디서나 농담처럼 발견된다.

매일매일 죽음을 생각한 건 아니다. 살아 있기 위해 혁명이라는 대안에 취해 있었다. 혁명, 변혁, 휴머니즘이라는 진통제를 먹으면서 죽음을 망각한 거다. 그럼에도 허무를 막을 방법은 없었다. 그건 실감이니까. 의지를 가지고 희망차게 혁명해야 하는 운동의 세계에서 내게 남아 있던 허무한 감각, 실존주의라고 분류된 철학적 태도는 자유주의적이고 개인주의적인 것으로 해석됐다. 동료이자 연인이던 그의 세계에서도 그랬다. 점점 그런 감각이 되살아나고, 산만한 내가 운동을 훌륭하게 수행하지 못하게 되자 스스로가 견딜 수 없이 무가치하다고 느꼈다.

세상을 바꾸지도 않으면서 살아 있는 건 나를 기만하는 일이었다. 살아 있을 필요가 없어져 유보해둔 죽음을 실행하려던 거다. 아무도 없는 방에서 메르세데스 소사의 〈Yo Vengo a Ofrecer Mi Corazón〉을 틀었다. 울퉁불퉁한 세상에서 휘청휘청 걸어가는 모습을 닮은 음악이다. 그 음악을 들으면서 편안하게 잠들려고 했다. 병원에 누워 있는 지금, 아무도 없는 방에서 음악은 혼자 재생되고 있을 거다.

눈을 떴다. 눈물이 굳어 눈꺼풀이 따갑고 무겁다. 흰색 형광등이 위에서 반짝이고, 꼬물꼬물 아메바 같은 문양의 패턴이 일정한 간격으로 천장에 달라붙어 있다. 천장의 패턴에는 혹시 떨어질까 봐 모서리마다 나사가 박혀 있다. 하늘색 담요는 건조하고 따뜻하다. 여전히 발은 차갑다. 입술은 바짝 마른 것 같은데 침을 묻혀 적실 힘이 없다. 목이 타지만 침을 삼킬 힘도 그럴 의지도 없다. 지금은 아무도 내 옆에 없다. 이렇게 눈만 깜빡이는 삶이라면 더 살아도 되겠다. 눈을 뜨고 꿈을 꾸는 것 같다. 애쓰지 않아도 죽어 있다. 의사가 찾아와 손목을 꿰맨다고 한다.

임시 수술실 같은 곳으로 들어갔다. 처음 보는 의사가 손목을 젖은 솜으로 닦는다. 손목을 꿰매면서 의사는 인턴을 불렀다. 의사 가운을 입은 일곱 명 정도의 사람들이 나를 둘러서 있었다.

"이건 요즘 쓰는 신기술이야."

의사가 말하며 바늘을 움직인다. 피부가 찢어진 곳을 바늘로 꿰매는 기술을 인턴들에게 가르쳐준다. 기계 위에 올려진

망가진 사물 같다. 마취가 덜 됐는데도 아프지 않다. 그녀에게 묻고 싶다.

'왜 나를 살리려고 하나요?'

그녀는 대답할 것이다.

'왜 죽으려고 하나요? 생명은 소중해요. 당연히 살려야죠. 저는 의사잖아요.'

'그럼 왜 꼭 살아야 하나요. 살아도 존재하지 않는데 죽어도 상관없지 않나요?'

그녀의 생각 밑바닥에는 이런 정의가 깔려 있을 것이다.

'자살하는 사람들은 어딘가 다 문제가 있는 거예요.'

이미 너덜너덜해진 상태라 더 분해될 것도 없지만 수술대 위에서 내 몸은 공중분해되었다. 손목은 동강 난 것처럼 내가 아니다. 감각의 통증은 눈에 보이고, 꿰매고, 약을 바를 수 있어 좋겠다. 손목 따위야, 손목 따위. 손목에게 친절한, 손목을 고치는 병원. 수술은 성공적이다. 지그재그 바느질은 탁월한 기술이다.

침대에 다시 누웠다. 의사의 건조한 목소리를 가로지르고 사람들의 신음과 비명, 울음소리가 들린다. 아파서 우는 소리와 서러워서 우는 소리가 구별된다. 같은 설움을 토해내는 존재의 눈물이다. 울고 있는 그의 의미를 내 멋대로 판단해 위로로 먹어치우고 있다. 울음소리는 언제나 존재하는 배경음악 같고 병원은 분주하다. 생과 사의 경계가 오가고, 핏물과 눈물이 여기저기 튀고, 바쁜 발소리와 건조한 목소리가 오가는 병원. 병을 치료해주는 곳. 안 죽게 도와주는 곳, 죽지 못하게 하는 곳, 죽음만은 선택하지 못하게 하는 곳. 스스로 죽기로 선택한 생명들이 거쳐 가기도 하는 곳. 국가에서, 제도에서, 사회에서, 일터에서, 집에서, 일상에서 탈락된 최후의 몸뚱어리가 굴러 들어오는 곳. 병원에서 소독되면 다시 삶의 현장으로 걸어나가야 한다. 침대에 누워 있다가 일어나서 누군가 챙겨 온 신발을 신고 밖으로 나갔다. 의사가 눌렀던 명치가 욱신거린다. 건물의 조명, 가로수 불빛, 신호등 네온사인이 어둠 속에 둥둥 떠 있다. 모든 게 장막 같다. 걷는 다리가 낯설다. 병원의 분주한 일상도 차가운 밤거리도 꿈 같다.

집으로 돌아왔다. 엄마와 외할머니, 언니가 있다. 익숙한 얼굴들이 아프고 따뜻한 눈으로 나를 바라본다. 방금 전까지의 그것과 너무 다른 온도라서 아프다. 일찍이 내 몸은 따뜻한 눈빛의 세계와 컨베이어 벨트 같은 세계에서 두 동강 났다. 영원히 이 간극을 메울 방법을 알지 못한다. 한쪽 눈에서만 눈물이 나왔다. 오랜 이질감이다. 'ㄱㄴㄷ'을 모른다고 회초리를 드는 유치원에서 벗어나 엄마 품에 안기고 싶던 날처럼. 엄마는 너무 친절해. 친절한 세계를 알아버려서 내 몸은 두 동강 난 거다. 이 세계가 그립고 다른 세계가 서러워서 계속 울게 된다. 처음부터 따뜻한 세계를 몰랐다면 싸늘한 세계에서 성공적으로 적응했을지도 모른다. 엄마에게 뭐라고 해명할 수도 안심시킬 수도 없다. 무슨 표정을 지어야 할지 모르겠다. 여전히 컨베이어 벨트는 돌아가고 이따금 아픈 손목을 꿰매고 다시 누군가의 품에서 치유되고 해가 뜨면 컨베이어 벨트는 다시 움직인다.

그날 밤, 그다음 날 무엇을 했는지 어떤 생각을 했는지 기억하지 못한다. 그때 내가 왜 죽으려고 했는지도 완전히 알 수 없다. 설움과 분노는 마구 뒤엉키고 범벅되어 탁한 초록색, 검붉은 색으로 녹아갔다. 얼마간 캔버스에 그것들을 몽땅 뱉어낸 후 그 설움과 분노를 다시 더듬을 수 있었다. 나를 두 동강 낸 폭력적인 세계, 내가 가담해온 세계에 대한 분노다. 이 분노의 표적이 될 만한 뾰족한 곳이 없다는 사실이 분노스러웠다.

"삶이 무의미하다고 느낀다. 그렇지만 구태여 자살을 감행할 필요도 없다"고 쓴 벤야민의 흔적을 더듬는다. 애초에 생과 세상에 무엇을 기대했던 열정 과잉이 문제였을지 모른다. 자살을 감행하려는 '나'에 대한 나르시시즘에 빠지지 않는 것은 내게 여전히 어려운 과제다. 끔찍한 디스토피아도 없고 찬란한 유토피아도 없이 '미미하고 지지하고 데데하게' 이어지는 오늘이다. 열정에 간간이 불을 지피면서 물을 건넌다.

죽고 싶음의 절정에서
죽지 못한다, 혹은
죽지 않는다.
드라마가 되지 않고
비극이 되지 않고
클라이막스가 되지 않는다.
되지 않는다,
그것이 내가 견뎌내야 할 비극이다.
시시하고 미미하고 지지하고 데데한 비극이다.
하지만 어쨌든 이 물을 건너갈 수밖에 없다.

맞은편에서 병신 같은 죽음이 날 기다리고 있다 할지라도.

_최승자, <비극>에서

가사 없는 음악 ——

스물네 살 여름이었다. 다량의 수면제를 챙겨 서울역으로 향했다. 전주에 가기 위해서였다. 전주에 있는 오래된 성당이 죽는 장소에 어울릴 것 같았다. 천국을 믿지 않지만 성당 근처에서 죽으면 사람들이 덜 슬퍼할 것 같기도 했다. 기차를 타고 전주로 가면서 음악을 들었다. 가사가 없는 음악이어야 했다. 멜로디가 내 생각을 따라오도록.

내가 가져온 짐은 핸드폰, 핸드폰 충전기, 일기장, 볼펜, 이어폰, 지갑이 전부였다. 내일이면 내 손을 빠져나갈 것들. 전주역에 도착하니 해가 졌다. 역에서 집으로 돌아가는 사람들을 붙잡고 성당 가는 길을 물었다. 모르는 사람들의 행렬에 끼어 버스를 타고 성당에 도착했다. 밤에 보는 성당은 무겁고 습했다. 성당의 높은 첨탑은 뾰족하게 올라온 뿔 같았다. 바람이 서늘해서 옷을 여미고 성당 앞 벤치에 앉았다. 가방을 열어 종이 뭉치에 숨겨진 약과 근처 편의점에서 산 청하 한 병을 들었다. 한 알씩 먹을까 한꺼번에 먹을까 고민했다. 마지막으로 죽음의 기도를 드리는데 이상한 생각이 올라왔다. 기독교는 자살하면 지옥 간다고 하지 않았나. 이곳은 내가 죽을 자리가 아닌 것 같다.

벌떡 일어났다. 안전하고 한적한 곳이 필요했다. 성당을 등지고 한옥마을 골목골목을 걷다가 숙소를 발견했다. 담장에 시가 큼직하게 쓰여 있는 곳이었다.

겨우내

외로웠지요.

새봄이 와

풀과 말하고

새순과 얘기하며

외로움이란 없다고

그래

흙도 물도 공기도 바람도

모두 다 형제라고

형제보다 더 높은

어른이라고

그리 생각하게 되었지요.

마음 편해졌어요.

축복처럼

새가 머리 위에서 노래합니다.

_김지하, 〈새봄3〉에서

시는 가사 없는 멜로디다. 편안하게 잠들어도 좋다고 토닥여주는 것 같다. 숙소 대문을 열었다. 가운데에 작은 정원이 있는 한옥이다. 나무 냄새가 은은했다. 숙소 주인은 쾌활하고 다정한 사람이었다. 내가 묵을 방은 따뜻했다. 노란 장판과 흰색 벽지, 아기자기한 화장실, 바닥에 깔린 흰색 이불 더미. 모든 게 포근했다. 포근하고 다정한 주인이 마음에 쓰였다. 이곳에서 죽는 건 좀 미안했다.

바람 속에서 죽어가면 좋겠다고 생각했다. 나가서 주변을 둘러보았다. 개천 위에 있는 다리를 걷다가 정자를 발견했다. 10평 이상의 커다란 정자 구석구석에 사람들이 모여 있었다. 잘 곳이 없어서 거기서 자는 사람, 오랫동안 술을 마신 것 같은 사람, 반려견을 데리고 나온 사람도 있었다. 누워 있는 사람도 있으니 이곳이 좋을 것 같았다. 신발을 벗고 정자로 올라가 의심받지 않을 만한 구석 공간을 찾았다. 정자에 박힌 나무기둥에 등을 기대고 이어폰을 귀에 꽂았다. 유서가 적힌 종이에 낙서를 끄적였다.

이어폰에서는 가사 없는 음악이 반복 재생되었다. 약을 몇 개씩 집어 먹는다. 눈앞에 보이던 개천이 흐릿해지고 숨이 무거워진다. 나무에 등을 바짝 기대니 몸은 쓰러지지 않는다. 바람 부는 여름밤, 나무에 등을 기댄 지금이 생의 마지막 순간이구나. 마저 약을 집어 먹으려던 참이었다. 모르는 아저씨가 얼굴을 들이민다.

"아가씨, 이거 뭐예요?"

내가 약을 먹는 걸 눈치챈 건가. 나는 고개를 돌리고 말했다.

"뭐요?"

"이거, 이 종이에 나무 그림. 어, 그림 참 희한하네."

고개를 돌려보니 얼굴이 빨갛다. 술 냄새도 난다. 이곳에서 오랫동안 지낸 사람 같았다. 그는 종이와 내 얼굴을 번갈아 보면서 물었다.

"놀러 왔나? 여행?"

대답하지 않자 떠날 기미를 보이지 않고 계속 질문했다. 불안해졌다. 이런 곳에서 이렇게 눈감아버리면 이 사람이 나를 어떻게 할지 몰라. 이런 식의 죽음은 싫다.

"안녕히 계세요."

일어나려고 안간힘을 썼다. 안전한 곳으로 가자. 엉금엉금 기다시피 정자를 빠져나왔다. 다리 힘이 풀리고 눈이 흐릿해 방향이 구분되지 않았다. 어떻게 숙소를 찾아갔는지 기억나지 않는다. 숙소에 도착하자마자 흰색 이불 더미 위에 누웠다. 가지고 온 청하 반병과 남은 약이 검은 봉지에 담겨 있었다. 주섬주섬 약을 꺼내 삼켰다. 이렇게 엉성한 마지막이라니. 생각할 틈도 없이 눈이 감겼다.

눈이 떠졌다. 햇살이 쨍쨍하게 문지방을 통과한다. 여기가 어디지, 왜 안 죽은 거지. 왼쪽 팔에 검은 벼룩이 기어 다니는 것이 보인다. 자세히 보니 아주 많은 벼룩이 방바닥과 내 팔등 위를 지나가고 있었다. 징그럽다. 팔을 박박 긁으며 일어나려다가 힘이 풀려 누웠다. 몸이 가늘고 심하게 떨렸다. 검은 벼룩은 보였다가 사라졌다가 다시 보였다 했다. 지금이 몇 시지, 손을 뻗어 핸드폰을 누른다. 오후 2시가 넘은 시간이다. 숙소 주인은 낮에 일을 하러 나간다고 알아서 체크아웃을 하라고 말했었다.

숙소에는 아무도 없는지 아무 소리도 들리지 않았다. 왜 살게 된 거지. 약도 이제 없는데. 눈물이 주룩 흘렀다. 사는 것도 죽는 것도 제대로 하지 못하는 망나니 같다. 주인을 볼 용기도 나지 않는다. 살아남았으니 이대로 누워 있다가는 피곤한 일만 있을 거다. 어서 이곳을 나가야 하는데 몸이 움직여지질 않는다. 눈을 감고 한참 후 핸드폰을 켜고 119에 전화했다. 자살에 실패한 사람이 살려달라고 구급 요청을 하는 상황이라니. 살고 싶지 않지만 못 죽게 되었으니까 이곳을 나가야 하고 정신을 차려야 한다. 겨우겨우 사정과 주소를 말했다. 곧 구급대원들이 도착했다. 나는 그들의 노동에 의지해, 아니 그들의 시간을 빼앗아 병원으로 실려 갔다.

환자들이 별로 없는지 응급실은 조용하다. 이렇게 조용한 응급실이 있었나. 침대에 누워 한참을 잤다. 시간이 얼마나 지났는지 모른 채 눈을 떴다. 간호사의 손에는 회녹색 액체가 담긴 물병이 있었다. 간호사는 물병을 건네면서 꼭 끝까지 다 마시라고 했다. 저항 없이 물병을 집어 들고 꿀꺽꿀꺽 목 안으로 넘겼다. 회녹색 물은 농도가 너무 진해서 콘크리트 진액 같았다. 거칠고 따끔한 고체성 액체가 식도를 태우듯 몸 안으로 내려갔다. 생각이 느리게 찾아왔다. 이걸 왜 먹으라고 하는 거지. 약 때문에 독성을 없애려는 거다. 그러고 보니 간호사가 독성을 없애는 약이라며 먹으라고 말한 것 같다. 너무 써서 중간에 먹는 걸 멈추고 다시 잠들었다.

의사가 나를 깨워 말을 걸었다.

"환자분, 괜찮으세요?"

시간이 얼마나 지났는지 모르겠다. 의사의 친절한 말투에 놀랐다. 희미하게 뜬 눈에 흰 가운에 새겨진 병원 이름이 들어왔다. 예수병원.

"상태는 점점 좋아지고 있고 내일이나 오늘 저녁에 퇴원할 수 있어요. 너무 걱정하지 마세요. 그리고 혹시 데리러 와줄 가족이나 친구가 있나요?"

친절한 말투를 거부하기 어렵다. 언니 전화번호를 알려드렸다.

그날 밤 언니와 친구가 찾아왔다. 언니가 웃으며 나를 반겼다.

"승희야, 여기 예수병원이래. 죽은 지 3일 만에 부활했네."

친구가 옆에서 따라 웃었다. 나는 민달팽이처럼 자동차 조수석에 축 늘어졌다. 아무런 힘도 나지 않는다. 모든 게 어이없고 허무해서 우는 듯한 웃는 표정이 지어진다. 언니가 힘없는 나를 눈치챘는지 이어서 말했다.

"그래도 다행이다. 승희 수면제 먹었을 때 신고해준 사람이 있어서. 누가 해주신 거야?"

아무 말도 할 수 없었다. 하기 싫었다. 내가 신고한 거라고 말하면 웃겨서 웃음이 터질 것 같다.

"내가 했어."

잠시 망설이다 대답했다.

"응? 뭐? 네가 신고를 했다고?"

언니가 웃고 나도 따라 웃었다. 평생 놀림거리가 되겠구나. 예상은 현실이 되었다.

몇 년 후 전주 숙소 벽에 그려져 있던 김지하 시인의 〈새봄〉을 다시 찾아 읽었다. 그때 읽은 〈새봄〉은 새봄'3'이었다. 〈새봄8〉은 이후의 메아리다. 겨울과 봄을 오가며 울리는 음악.

내 나이
몇인가 헤아려보니

지구에 생명 생긴 뒤 삼십오억살.

우주가 폭발한 뒤 백오십억살.

그전 그후 꿰뚫어 무궁살.

아 무궁.

나는 끝없이 죽으며

죽지 않은 삶.

_김지하, 〈새봄·8〉에서

나의 신앙 ——

심리상담센터에서 문장완성검사 결과를 보는 날이다.

"내가 남들에게 말하지 못하는 두려움은, '내 존재가 무의미하다는 까마득함이다'라고 적었는데, 이게 무슨 뜻인가요?"

상담사가 물었다.

"음… 그러니까, 내 존재와 세상의 모든 게 너무 무의미해서 아찔해지는 느낌이요."

"아, 내가 무의미한 느낌."

"그냥 내 존재가 무의미한 느낌은 아니고요. 나와 나를 둘러싼 모든 것, 내가 알고 있고 기억하는 모든 것, 모든 존재, 지구와 우주까지 모두 무의미하고 거짓말이면서 시작과 끝을 알 수 없는 까마득한 아찔함 같은 거요."

"허무함이군요."

"네. 허무함이긴 한데, 허무라고만 하기엔 너무 끔찍한 느낌이라서 아찔해요."

"언제부터 그랬나요?"

"초등학교 때부터 종종, 아니 가끔이요."

"공황 증상처럼 숨이 막히고요?"

"숨이 막히진 않아요. 너무 아찔해서 생각 안에서 구토해버릴 것 같은 느낌, 유체를 이탈해버릴 것 같은 느낌. 이 느낌을 말로 전달하기가 어려워요."

"의식적으로 그렇게 생각을 하나요?"

"의식적인 건 아니고, 갑자기 그런 생각이 저를 지배할 때도 있고, 생각하다 보니 그런 느낌 속으로 들어갈 때도 있어요. 미친 건 아닌데 미칠 것 같은 느낌도 들어요. 꿈을 꾸고 있는 것 같기도 해요."

상담사는 나의 느낌을 언어로 포획하려는 듯 쉬지 않고 말했다. 그녀의 질문이 떨어질 때마다 나는 "아니 그런 건 아니고, 그렇기도 한데"라고 그녀의 말을 부정하고 말을 이어야 했다.

그녀가 나의 느낌을 해석한 '허무' '존재의 무의미'라는 단어는 너무 효율적이다. 내가 그 단어를 사용했지만, 희미하게 언어 한 조각을 잠시 빌린 거다. 나의 실감이 한 단어로 갇히는 느낌이 답답해서 더 이상 대화를 이어갈 힘이 나지 않았다.

나의 경험은 다른 사람의 귀에 닿을 때 그들이 경험한 비스름한 분류 속으로 들어가 쉽게 해석된다. 해석의 폭력, 아니 자명한 언어의 폭력성, 언어의 한계일까. 어떤 감각은 쉽게 우울증, 불안, 공황, 허무, 무기력증이라고 이름 붙여진다. 해석되고 분류되고 재단되는 것이 견딜 수 없도록 분노스러운데, 어쩌면 그래서 우울증이라고 이름 붙여진 어떤 증상이 있게 된 건데. 그런 내가 왜 상담을 받으러 온 걸까. 이런 상담 방식이 아닐 거라 생각해서? 나의 느낌을 온전히 느껴주는 사람을 만날 수 있을 거라는 기대를 가진 걸까. 혼자서 견디기 어려워 누구라도 붙잡고 칭얼거리고 싶었던 걸까.

6년 전 심리상담센터에 갔을 때도 마찬가지였다. 우울증으로 센터에 갔을 때 상담사는 걱정 말고 편안하게 살아온 이야기를 해달라고 했다. 수많은 삶의 서사 중 학생운동을 했다는 이야기를 들은 상담사는 정치에 관심이 있는 것도 현재에 대한 불만족, 자기 문제를 회피하려는 습성에서 나오는 방어기제일 수 있다고 했다. 그 무례한 상상력에 놀랐다. 나의 모든 행위는 병리적으로 판단되고, 나의 서사도 병리적인 결과로 해석된다. 어떻게 오염된 개인과 오염된 사회가 분리될 수 있을까. 그렇다면 모든 인간이 탈정치화되는 게 건강한 자아이고 건강한 사회화라는 건가. 상담사는 모든 인간이 반항 없이 자기 몫만 챙기는 사회인으로 개발되도록 돕는 사회경찰인가.

미술치료를 받을 때도 그랬다.

"나무를 그려보세요."

미술치료 상담사가 말했다.

마음대로 그리고 싶은 나무를 그리라고 해서 마음대로 그렸다. 열매와 나뭇잎 없이 가지가 여러 갈래로 뻗어나가는 나무였다. 나무에 왜 열매가 없는지, 잎사귀는 왜 없는지 상담사가 물었다.

"이 나무는 그게 편안하대요"라고 대답했다. 상담사는 나무가 균형이 없고 위태로워 보인다고 염려했다. 열매와 잎사귀가 균형 있어야 건강한 심리 상태라는 거다. 삐뚤빼뚤한 나무는 있는 그대로 인정받고 존중받지 못한다. 열매나 잎사귀가 영원히 열리지 않아도 까마귀가 앉았다 갈 수 있는 나뭇가지인데. 그림까지도, 삐뚤빼뚤한 고유의 선마저도 병리적인 것으로 판단된다. 그것은 있는 그대로 아름다움이 될 수 없을까. 세상에 태어나 살아가는 동안 자기 결과물을 만들어내지 않으면 패배자라고 말하는 이 세상처럼 상담사는 나의 볼품없고 깡마른 나뭇가지를 패배자라고 생각하는 것 같았다. 패배가 뭐 어때서. 성공이라는 진통제로 오늘을 죽은 것으로 남기는 것보다 오늘 자기 의지로 죽는 패배자가 낫지 않나요.

상담소를 나와 터벅터벅 길을 걸으면서 생각했다. 나는 나를 모른다. 누구도 나의 증상에 정답을 말할 수 없다. 말해져서는 안 되는 거고, 말해질 수도 없는 거다. 원인과 결과가 뚜렷하게 존재하는 듯, 삶에 뚜렷한 단계와 매뉴얼이 있는 듯 확신하는 목소리에게 권위를 주지 말자. 차라리 판단 없이 들어주는 사물들에게 말을 걸자고 생각했다. '기존 언어로 타인과 삶을 함부로 규정지으려는 접근에 응하지 않을 거다. 나도 모르는 나에 대해서 안다는 듯 말하는 똑같은 말들 속에서 뛰쳐나올 거다.'

고요한 곳에서 유영하면서 시간을 죽이고 싶다. 허무는 여전하다. 항상 그런 건 아니다. 평소에는 아찔한 감각을 아예 잊어버리고 있다가, 다시 까마득한 아찔함이 느껴지면 힘이 풀린다.

이 무질서한 실감을 나의 신앙이라고 생각하기로 했다. 누구에게나 자기 자신만 실감하는 순간이 있다. 그 실감의 순간이 어떤 몰입으로 들어가는 정직한 순간이라면, 모든 역할극에서 벗어나 나 자신까지도 잊을 힘을 주는 강렬한 것이라면 그게 나의 신앙이 아닐까.

> 사회가 친절하게 제안하는 대로 우리가 치유되길 받아들인다면 우리는 부지중에 보이지 않는 창살 뒤에 있게 되는 것이다.
>
> _모리스 블랑쇼, 《정치평론(1953~1993)》에서

이인의 말 ——

"우울할 땐 어떻게 하세요?"

"그럴 땐 저보다 더 우울하고 허무해하는 친구를 만나요."

강연이나 북토크에 가면 종종 받는 질문과 늘 하는 대답이다. 여기서 말하는 친구는 가피다. 나보다 더 우울한 가피를 만나면 깊은 위로를 받는다. 존재만으로 위로가 되는 친구이자

도반이다.

가피는 스물두 살이다. 나와 일곱 살 차이가 나지만 70년은 더 오래 살아온 것 같은 친구다. 가피도 나처럼 학교 밖 청소년이었다. 고등학교, 대학교에 가지 않고 혼자 노래를 부르고 소설을 쓰고 그림을 그린다. 지금은 무속인이던 부모님과 함께 사주명리와 주역타로 상담을 하는 사회적기업을 운영하고 있다.

가피가 열일곱 살, 내가 스물네 살 때 우리는 처음 만났다. 문화예술 교육 프로그램을 진행하는 사회적기업을 창업했을 때였다. 학교 밖 청소년인 가피를 만나자마자 유대감을 느꼈다. 가피는 '우물 밖 청개구리'라는 청소년 사회적기업을 운영하고 있었다. 2년 후 가피는 나와 언니가 운영하던 인문학 카페에서 함께 활동했다. 여기저기 떠돌아다니던 나도 이따금 만나던 가피와 서서히 가까워졌다. 가피는 만나는 사람들에게 빙의하듯 공감해서 다른 사람의 일을 자신의 일처럼 분노하고 슬퍼하고 즐거워했다. 그런 가피가 혼자서 깊게 허무해하고 절망하는 모습은 잘 상상이 안됐다. 말로만 듣던 가피의 고독과 절망을 처음 마주한 건 가피가 만든 노래를 들었을 때다.

위에서 아래로 떨어지는 절망.

위에서 아래로 떨어지는 절망이 있어

중력을 따라 추락.

사과같이 달려 있는 절망.

그늘 밑에 앉아

너의 이름을 불러보지만

위에서 아래로 떨어지는 절망.

가피의 노래 〈중력〉의 가사다. 가피의 옛날 예명은 '허무'다. '허무'는 우울한 노래를 만들어 와서 사람들 앞에서 불러줬다. 〈검은 새〉 〈먼지별〉 〈아무도 없는 방〉이라는 제목의 노래였다. 추락하는 가사, 검은 구름, 보라색 우주 같은 멜로디다. 노래는 내게 편지로 다가왔다.

"중력처럼 절망은 필연적이에요. 사과같이 달려 있던 삶은 언젠가 떨어지죠. 날개가 없어서, 중력이 있어서 날지 못하는 절망을 이상하게 생각하지 말아요"라고 말하는 것 같았다. 조급한 희망에 걸리지 않고, 우울의 틈새로 파고들어 노래하는 가피에게 멋대로 동질감을 느꼈다.

가피가 쓴 소설에는 이런 구절이 있다.

"그거 알아? 지옥엔 비명이 없다는 사실. 고통을 표현하는 것이 때론 그 자체로 구원이 되어버리니까."

내게 보낸 편지에는 이렇게 쓰여 있다.

"넘어지기 위해 일어서고, 일어서기 위해 넘어지고, 넘어지기 위해 일어서고…. 언니도 언니를 너무 미워하지 마시길."

가피는 왜 자살하지 않고 살아 있는 걸까? 언젠가 가피는 이렇게 대답했다.

"허니(함께 사는 강아지)가 있으니까요. (한참 후) 사랑하는 사람들도 있고요."

최근엔 이렇게 대답했다. "어떻게까지 살 수 있나 궁금해서요." 가피는 자신의 몸을 이번 생에서 실험하고 탐구해보기로 했다고 한다. 역할극을 이것저것 수행해보고, 부숴보기도 하면서. 가피의 명랑한 절망에 나도 덩달아 설렜다. 내가 아직 죽지 않고 살아 있는 이유도 같다. 어떻게까지 살 수 있나 궁금하고, 이상한 날들을 나눌 사람이 있어 설렌다.

"그래도 살아야지, 인생은 아름다운 거야."

"아직 젊잖아. 앞날이 창창한걸."

"좋아하는 일을 해봐, 그럼 괜찮아질 거야."

"부정적으로 생각하지 말고 긍정적으로 생각해."

"다른 사람들도 힘들어, 기운 내서 열심히 해봐."

"그런 말 함부로 하는 거 아니야."

죽음, 자살이라는 단어만 꺼내도 사람들의 반응은 이랬다. 이 정도면 자살 알레르기, 죽음 엄숙주의다. 생의 역할극을 벗고 솔직하게 허무를 나누고 싶은데, 오랜 시간 손쉽게 돌아오는 진부한 목소리 사이에서 외로웠다.

"다른 사람들도 힘들어"라는 말처럼, 나뿐 아니라 살아 있는 모든 존재가 고통을 경험한다. 그리고 삶의 모든 것을 뒤흔드는 좌절과 고통의 경험도 있다. 누군가 이것을 '에셰크'라고 했다. 고통의 순간, 고통을 누구에게도 말할 수 없을 때, 공감받지 못하고 살라고 압박받을 때 사람은 시들어간다. 극단적인 고통의 경험이 아니더라도 삶의 기본값인 고독, 허무, 절망의 틈새를 목격한 후 그것을 누구와도 나눌 수 없을 때 사람은 쉽게 쪼그라든다.

가피를 만나기 전까지 허무를 나눌 공간은 작은 나의 노트, 스케치북, 잠, 죽은 사람의 글이나 노래, 죽음뿐이었다. 실존적 고독과 허무, 절망은 나의 것이었고, 혼자만 느끼는 것이 당연한 거라 생각했다. 치열하게 절망하는 가피를 만나면서 허무를 공유할 수 있다는 걸 알았다. 죽은 사람들의 흔적이나 노래나 사물이 아니라 오늘 살아 있는 '타자'와 고독을 나눌 수 있는 게 놀라웠다. 완전히 한 몸이 되거나 각자가 느끼는 허무를 온전히 알 수 없지만, 불 꺼진 공간에서 더듬더듬 손을 잡을 수는 있다. 함께 명랑하게 절망할 수 있다.

가피와 나는 한 시간 거리인 곳에서 살고 있다. 종종 스카이프로 영상통화를 하거나, 새벽에 노트북 창을 켜놓고 이런저런 메시지를 주고받는다.

"오늘 저는 조증 시작인가 봐요! 기운이 나고 글 쓸 힘이 나요!" "오늘은 살기가 어렵네요. 몸은 참 까다로운 것 같아요…." 조증, 경조증, 울증의 패턴이 있다. 가피가 조증일 때, 내가 울증일 때도 있고 둘 다 조증이거나 울증일 때도 있다. 함께 있지만 혼자 있는 것처럼 무의미와 허무와 고독을 나눈다. 고독이 없어지는 건 아니다. 고통이 공감으로 열리고, 고독이 웃음으로 터질 수 있는 창문이 생긴 듯한 느낌이다. 사면이 꽉 막힌 암실이었는데.

어느 날 가피에게 눈을 떠서도 꿈을 꾸는 것 같고 살아 있는 게 아찔하게 무의미한 느낌을 진지하게 털어놓았다. 가피는 '이인증'이라는 정신증을 소개해주었다. 자신도 그런 느낌이 있어서 찾아보니 이런 증상을 이렇게 부르기도 한다고. 언어화하면 그것만으로도 위로가 된다며, 이인증에 관한 인터넷 링크를 보내주었다. 가피가 보내준 자료에 따르면 이인증은 "자신이 낯설게 느껴지거나 자신과 분리된 느낌을 경험하는 것으로 자기지각에 이상이 생긴 상태"다. 자신의 정신이나 신체에 대해 외부 관찰자인 듯한 느낌을 받는다고 한다.

이인증의 증상은 여러 가지고 원인도 여러 가지라고 한다. 명확한 건 없다. 뭐든 이름 붙이기 나름이라 한계는 있지만, 나의 증상을 언어화한 것만으로 위로가 되는 느낌이었다. 나와 비슷한 걸 느끼는 사람들이 있다는 사실도.

인터넷에서 이인증에 관한 자료를 찾아보면서 생각했다. 언제부터 이인증이라고 이름 붙여진 느낌이 시작된 걸까. 처음 느낀 건 초등학교 때였다. 조용하고 평화로운 일상의 풍경이었는데 그것들이 소멸되는 게 느껴졌다. 생각해보면 진실의 감각이다. 그것들은 정말 사라졌으니까. 모든 게 소멸하고, 변형된다. 정서적 외상으로 인해 이인증의 증상을 느끼기 시작하는 경우도 있다고 한다. 떠오르는 날이 있다. 초등학교 때,

아빠가 엄마와 싸우던 어느 밤이었다. 아빠의 욕, 엄마의 비명 소리가 집 안을 가득 채우고 있었다. 몸을 비틀고 싸우던 두 사람을 말리다가 탈진되어 화장실로 들어갔다. 화장실 문을 닫고 내가 보이는 커다란 거울 앞에 섰다. 거울 속에서 나를 보고 있는 나에게 웃어 보였다. 묘한 느낌이 들었다. 지금 내가 있는 화장실, 내가 있던 작은 집에서 일어나고 있는 상황이 거대한 스크린처럼 느껴졌다. 내 눈은 나를 보는 렌즈가 되고 내가 보는 것들은 렌즈에 맺힌 이미지다. 내가 인간이 아니라 거울 뒤편 외계 공간에 있는 스크린의 빈틈, 혹은 아무것도 아닌 분자가 된 느낌이었다. 끔찍하던 엄마의 비명과 아빠의 고함 소리가 견딜 만해졌다.

이인증은 고통을 견디기 위한 방어기제이기도 하다. 그렇다면 나의 이인증은 극복해야 하는 병적 증상일까. 매일 죽어가는 삶에서 상처와 고통은 피할 수 없다. 누구든 이별하면서 산다. 강렬한 상실의 고통 앞에서 각자가 선택하는 진통제의 종류가 다를 뿐이다. 나는 이인증이라 불리는 진통제를 선택했던 거다. 움푹 파인 상처만큼 주기적으로 다량 투입되는 진통제는 삶에서 강렬한 주제를 쥐여주고, 업이 되고, 직업이 되거나 운명이 된다. 내가 할 수 있는 건 움푹 파인 흔적을 더듬으면서 따가운 대로 비명을 지르거나, 그걸 기록해서 누군가의 흔적에 연결되거나, 고통의 질감을 그대로 물감으로 녹여내 아름다움에 취하는 일일 거다. 악몽은 계속되겠지만 내게 새겨진 흔적과 내가 먹고 있는 진통제가 무엇인지 알아차린다면 자각몽을 꿀 수도 있다.

가피에게 고맙다고 메시지를 보냈다. 나의 증상에 '이인'이라는 이름을 찾은 느낌이었다. 내 앞의 모든 게 찰나일 뿐이고, 나 역시 텅 빈 공간이라는 걸 지각한 상태는 자각몽과 비슷하다. 이 자각몽이 매트릭스 같은 세계에서 계속 각성하고 성찰할 힘을 주는 것이라면, 이인증도 비슷한 역할을 하지 않을까. 이인증이 좋아졌다.

우리는 이야기를 이어갔다. 명랑하게 자기 이름에서 추락할 수 있는 존재 방식. 이런 존재 방식을 우리는 '이인'이라고 부르기로 했다. 비슷한 증상의 이름은 많다. 에른스트 크리스는 이런 감각을 '자아의 주도 아래 일어나는 퇴행능력Regression in the Service of Ego'이라고 했다. 언어는 늘 이름 붙이고 실감은 그대로 맨 뒤에 있다.

인생의 고난과 방황은 시간의 부작용 같다. 인간은 시간이 있는 공간에서 태어나 끊임없이 눈에 보이는 바퀴의 끝에 매달리고 떨어지고 매달리면서 살아간다. 그 여정에서 가피와 나는 마주쳤다. 처음엔 이름의 껍데기에서, 지금은 '이인'이라는 수레바퀴 가운데에서.

'이인'은 시간을 따라가지 않고 공간에 머문다. 과거, 현재, 미래라는 일직선의 시간이 아니라, 모든 사물이 죽어 있는 공간에. 힘을 내려고 노력하거나, 내가 무엇을 꼭 해야 할 필요가 없다. 아무거나 해도 되고, 아무것도 안 해도 된다는 느낌이 나를 쓰게 한다. 언어로 담을 수 없는 것을 언어로 담으려 하는 게 우습지만, 이 느낌을 허술한 사람들과 공유하고 싶어서 쓴다. 가피는 언젠가 이인들의 사전을 만들어 기존 언어를 전복하고 재배열하는 작업을 하자고 했다. 그리고 이런 글을 써서 내게 보내주었다.

사랑스러운 이인들.

이인이 되기 위해서는 몇 가지 규칙이 있습니다.

-밤을 사랑할 것. 어둠과 가까울 것.

-우울을 숨기지 않을 것, 부끄러워하지 않을 것.

-현실을 믿지 않을 것, 꿈에서 깨지 않을 것.

-웃지도 울지도 않는, 아무렇게나 지어지는 미묘한 표정을 내버려둘 것.

우리가 '이인'이었다는 것을 알게 된 날이었다. 담배를 피워도 개운하지 않고, 손을 씻어도 모든 게 미끄러운 날이었다. 휘청이는 그 한가운데에서 '이인'을 만났다. 지구가 불편했던 것에 이유가 있었던 것이다. 인간도, 외계인도, 자연도, 식물도 아닌 존재감에 매번 어지러워 넘어졌다. 행복한 사람들 틈에서는 슬펐고, 울상인 사람들 앞에서는 남몰래 웃음이 새어 나왔다. 대체로 그런 삶이었다. 무겁고 억울한 한숨이 늘어갔고 그래서 늘 죽고 싶었다. 죽음 앞에서도 현명한 방법(보험비를 받을 수 있고 덜 고통스러운)을 생각했고, 그런 스스로가 역겨웠다. 아아, 하지만 지금은 다르다. 우연히 죽고 싶은 마음은 여전하지만 어딘가 설레고 가벼워졌다. 왜? 나는 '이인'이다. '이인'은 원래 그렇다. 죽고 싶지만 살고 있는 사람들. 이미 죽어 있지만 그 상태로 사는 사람들. 살고 있지만 어딘가는 죽은 사람들. 그림자인 채로 걸어 다니는 사람들. 삶이었다가, 죽음이었다가 그 경계를 방심한 채 걸어 다니는 사람들. 우리들. 나는 이인들, 당신들, 아니 우리들이 좋다. 우리를 좋아하는 건 이인들, 우리밖에 없을 테니까.

해가 밝을 때 별은 보이지 않지만 맨 뒤에 언제나 있다. 끈적한 상처가 곪은 피부의 맨 안쪽, 누구나 직면하게 될 틈새의 맨 밑바닥, 죽음과 허무의 뒤편에 서서 모든 걸 끌어안고 싶다. 정직하게 절망하는 이인들과.

자유죽음 ——

죽음이 매일 스친다. 많은 사람들이 자살을 선택하고 유명인 일부의 자살이 언론에 보도된다. 자살은 무시무시한 것으로 신비화되거나 가십거리로 유통된다. 한 존재의 죽음과 애도 이후에는 세상이 바뀌는 거라던데 세상은 미동도 없다. 죽음은 서랍 속에 들어가고 애도는 서둘러 장식된다. 애도가 일상이 될 수는 없을까. 죽음이라는 삶의 반쪽을 긍정할수록 삶을 긍정할 수도 있다. 끝내 부정할 수도 있다. 어떤 선택이든 효율과 효용만 남은 삶보다 낫지 않을까.

효율은 갈등과 더러움, 죽음과 실종을 배제한다. 개발, 미래,

성공의 종교가 지배하는 사회에서 '죽음'은 무겁고 철 지난 철학적 문제로 취급된다. 상품 가치에 의미가 있을 뿐 취약한 몸의 자리는 없다. 죽음이나 애도는 지루한 주제가 되고, 죽음에 대한 질문을 하거나 각성을 말하면 '진지충'이라는 조롱이 붙는다. 너도나도 '재밌게, 즐겁게'를 외치지만 유머는 없다.

이런 사회에서 자살한 사람의 삶 전체에 붙는 비극의 낙인은 강력하다. 그들의 입체적인 삶의 서사는 없어지고 비극의 서사가 상품처럼 유통되는 식이다. 죽음, 자발적 죽음을 주제로 나의 경험을 쓰는 이유이기도 하다.

처음 자살을 생각한 건 부모님이 싸우던 열한 살 즈음이다. 아빠가 집에 늦게 들어오는 엄마에게 새벽 내내 욕설을 내뱉을 때 나는 숨죽이고 자는 척을 하거나 음악을 틀어놓고 다른 일을 했다. 이불 속에 들어가서 정말 혀를 깨물면 죽을까 상상하면서 혀를 잘근잘근 씹다가 중단하기도 했다. 그렇게 딴청을 피워도 견디기 힘든 날이 여러 번 찾아왔다. 내가 통제할 수 없는 폭력 속에서 사느니, 사는 걸 중단하는 게 낫다고 느꼈다. 학교에 가서 창밖을 보다가 우유를 마시고 점심 급식을 먹고 집에 돌아와 게임을 하다가 아빠 눈치를 보며 잠에 들었다. 종종 재앙을 꿈꿨다. 홍수가 나서 교실에 있던 사람들이 노아의 방주를 타고 태평양을 돌아다니거나, 전쟁이 나서 모든 사람들이 발가벗고 아파트 밖으로 뛰어나오는 상상. 집에서 학교로, 학교에서 집으로 가는 길에서는 눈이 내린 후 얼음이 된 빙판에서 넘어져 죽는 상상을 했다.

중학교에 올라간 후에는 또래 친구들과 무리 지어 다니면서 비행을 했다. 고작해야 밤거리 명동을 돌아다니면서 담배꽁초를 줍는 비행, 3일 동안 강변의 찜질방으로 가출했던 일탈이다. 비행을 하는 동안에는 죽음을 잊어버렸다. 그러다가 '철이 들었다'. 비행을 접고 교과서를 펼쳤다. 좋은 고등학교에 가지 않으면 좋은 대학에 가기도 힘들고, 그럼 인생이 구질구질해질 거라고 사방에서 압박해왔고, 그건 어느 정도 맞는 말로 느껴졌다. 그때부터 책상 앞에 앉아 있는 시간이 늘었다. 공부하는 시간보다 일기장에 산만한 마음을 끼적거리는 시간이 많았지만.

그때 이런 일기를 썼던 것 같다. '하루 종일 게임만 하고 싶다. 아니면 하루 종일 영화나 보거나. 가능만 하다면 양탄자를 타고 아프리카로 떠나고 싶다. 고등학교에 들어가면 똑같은 월화수목금토일이 반복되고, 온종일 수업 시간표대로 움직이겠지. 뻔한 인생. 그러다가 지루하면 가출을 하거나 술을 마시거나 담배를 피울 것조차 뻔하다. 시간이 나를 쪽쪽 빨아 먹다가 나중에는 몸의 껍데기만 남아 있겠지.' 내가 왜 불편한지 언어로 설명할 수는 없지만 정확하게 느끼고 있었다. 학교와 가정에서 어떤 규칙을 주입받고 그것대로 조종되고 있다는 걸 직감했다. 새벽까지 책상에 앉아 있던 어느 날 다시 삶을 그만두고 싶어졌다.

화창한 일요일 오후였다. 부모님이 다투다가 잠시 멈춘 시간. 활짝 열어놓은 창문 밖에서는 나보다 어려 보이는 아이들의 웃음소리와 운동장을 뛰어다니는 소리가 들렸다. 옛날에 나도 저렇게 웃으면서 뛰어놀았다. 그들의 삶이 뻔해서 슬프다. 옆집인가 아랫집에서 된장찌개 냄새가 솔솔 들어왔다. 서글퍼졌다. 당연하게도 나는 세상의 주인공이 아니다. 내 삶에서도 주인공이 아니다. 누군가가 바라는 대로 움직여주고 누군가가 정해준 방법을 따라 하는 따라쟁이다. 고등학교, 대학교를 거쳐 취직을 하고 결혼과 육아, 노후 준비까지 따라 할 일들을 생각하니 아득하고 피곤했다. 외피를 벗고 싶었다. 따스한 태양이 부적절한 나를 환하게 비췄다. 책상 주변에 흩어진 유리 조각이 보였다. 내가 깨뜨린 건지 누군가 깨뜨린 건지 기억나지 않는다. 오른손으로 유리 조각을 쥐고 왼쪽 손목을 찧듯이 그었다. 책상 밑으로 들어갔다. 방 안에 누군가 들어올까 조마조마했다. 피가 흘렀다.

그때 이런 생각을 했던 것 같다. '이제 저승사자가 찾아오겠지. 왜 죽었냐고 물어볼 것이다. 나는 피곤하다고 대답할 거고, 그를 따라 어디론가 갈 수도, 안 갈 수도 있다. 그것은 알 수 없다. 남은 사람들의 슬픔을 다독이기 위해 내 몸은 아무 데서나 썩지 못하고 불길 속으로 들어가 재가 될 거다. 한 줌도 안 될 먼지가 된다. 먼지인 몸. 아무리 더러워도 아무리 깨끗해도 어차피 재가 될 인생. 손바닥은 아직 하얗고 힘줄도 여전히 살아 있다. 아직 젊은 몸이다. 좀 더 살아서 뭐라도 하다가 죽는 건 어떨까. 아직 살아 있는 손바닥과 힘줄이 아깝다. 어차피 죽을 건데 손바닥도 굴려보고, 나 같은 사람을 위로라도 하다가 죽을까. 그런 후 자살을 해도 괜찮을 것 같아.'

허무하지만 그런 생각이 다시 살아갈 이유가 됐다. 내가 할 수 있는 일이 있고, 언제든 내 의지로 삶을 중단할 수 있다는 게 힘이 됐다. 그날 이후 내 몸은 좀 더 느슨해졌다. 학교 수업도 열심히 듣지 않았다. 친구들이 고등학교 입학을 앞두고 열을 올리며 공부할 때에도 잠시 분위기에 휩쓸려 죽음을 망각하기도 했지만, 대부분 모든 게 부질없다고 느꼈다.

허무는 의도치 않게 규칙을 벗어날 용기를 줬다. 고등학교 입학원서를 쓰지 않겠다고 친구들과 선생님에게 말했다. 미쳤냐는 질문이 돌아왔다. 고등학교에 다니지 않는 언니와 함께 고등학교에 가지 않고 집에서 영화를 보거나 아무 데나 다니면서 생활했다. 지역아동센터에서 아이들에게 산수나 국어를 가르쳐주고 같이 밥을 먹었다. 내게 봉사는 거창한 사명이나 숭고한 이타심이 아니라 삶의 낙이었다.

13년이 지난 지금도 여전히 죽은 듯 살아 있고 산 듯 죽어 있다. 눈을 반만 뜬 반수면 상태 같다. 지금 내가 죽지 않는 건 죽을 필요는 없다고 느껴서다. 매일 잠들면서 죽고, 내일 다시 일어났다가 잠들 수 있어서 다행이다. 숨이 멈춘 후의 세계를 나는 알 수 없다. 천국이나 지옥이 있거나, 윤회가 있거나, 아무것도 없거나, 말할 수 없는 느낌일 거다. 나를 붙잡는 건 윤회설이다. 만에 하나 죽은 후 다시 탄생(윤회)할 수도 있는데 끔찍한 어린 시절을 다시 지날 상상을 하면 아찔하다. 상대적으로 늦게 태어난 존재는 먼저 태어난 이가 만든 기존 질서에 복종하도록 교육받는다. 기존 질서의 명령은 몸에 흡수되고, 견디기 힘든 폭력에 적응하는 어른으로 사회화된다. 겨우 그 시절을 지나 20년 넘게 살아 있게 된 지금, 누구의 방해도 받지 않으면서 소리 지를 수 있는 힘이 있는 이 상태로 고요하게 살고 싶다.

죽음 충동이 찾아올 때 나 대신 죽을 주인공을 만들었다. 죽고 싶어 하는 그를 끄집어내 이야기를 쓴다. 이야기의 주인공은 스물아홉, 사회화에 실패한 무늬만 어른이다. 그는 죽음을 곁에 두려고 질소가스를 구입해 방 한구석에 놓고 생활한다. 자발적으로 죽고 싶은 만큼 자발적으로 살고 싶기도 해서 생과 사의 경계에 서기로 결정한 거다. 언제든 죽을 수도 있다. 언제든 죽을 수 있다는 위안은 사건과 일탈을 부추긴다. 힘을 빼게 한다. 그는 강아지를 데리고 바닷가를 걷다가 죽은 소라의 껍데기를 줍는다. 주워 온 소라 껍데기 20개는 박스에 모아두고, 10개는 깨끗하게 모래를 털어 집 안에 매단다. 아무런 미동도 없는 무엇이 화가 날 땐 길거리로 나가 박스로 집을 짓는다.

장 아메리는 자살을 '자유죽음Freitod'이라고 부르자고 했다. 금기시된 자유죽음을 풀어주면 더 많은 갈등이 드러나지 않을까. 혼자 울다가 같이 울고, 다시 웃다가 같이 분노하고 다시 웃을 수 있을 거다. 하울링이 끊이지 않는 마을처럼.

그런 마을에 있는 자유죽음센터를 상상한다. 죽고 싶은 사람들이 거기에 모여 액션페인팅, 즉흥연기, 집단 꿈 분석 모임, 인문학 강좌와 이인의 문학 수업을 듣는다. 이런 과정에 참여한 후에도 죽고 싶은 사람들에게는 고통 없이 죽는 약을 보급한다. 약을 받은 사람은 사람들이 지켜보는 곳에서 죽을지 혼자 죽을지 선택한다. 유서를 쓸지, 안 쓸지도. 자살, 자유죽음이 고통스러운 것만은 아니다. 죽음을 등지는 세상이 죽고 싶은 사람들을 혼자 고통스럽게 죽도록 방치하는 거다.

죽은 사람들과 나를 포함해 죽어가는 존재들을 애도하면서 사는 삶은 생각보다 심각하거나 비극적이지 않다. 사람들과 너털웃음을 짓다가 힘없이 글을 적는 나의 오늘처럼 말이다.

3

당신을 모른다

〈호물호물〉 530×455, Oil on Canvas, 2018

내 앞에 있는 이 사람을 반대한다고
말할 수 있는 권력은 어디서 나오는 걸까

나에겐 안다고 말할 자격도
찬성하거나 반대한다고 말할 자격도 없다
누구나 그렇다
그래야 한다

커리를 보면 전투력을 상실한다

깊은 고심을 안고 웅크리고 있으면
눈치 없이 뽀뽀를 한다

커리는 내게 그런 존재다
냉소에 불을 지펴주고
의미의 열정에 찬물을 끼얹어준다
"정신 차려!
나를 봐, 지금의 나를 있는 그대로 보라고, 멍"

〈얼굴〉 455×379, Oil on Canvas, 2018

〈삐뚤빼뚤〉 455×379, Oil on Canvas, 2018

내가 무엇을, 누군가를 다 알아버렸다고 생각하는
권태와 오만, 혐오

모른다는 걸 알기에 환대할 수 있다

커리의 얼굴

커리가 왼쪽 뒷다리를 들고 나를 본다. 다리 안쪽을 만져달라는 거다. 손가락으로 다리 안쪽 근육을 쓰다듬으면 오른쪽 뒷발로 서서 버티고 있다. 다리를 만지면서 미간, 이마, 정수리, 볼을 살살 긁어주면 눈을 감는다. 잠들 때 커리는 내 옆구리나 다리 사이에 들어와 살을 맞댄다. 자면서 뒤척이는 내 몸이 무섭지도 않은지, 깔릴 것 같은 몸의 틈새로 들어와 몸을 둥글게 웅크린다. 자면서 팔다리를 움찔하고 낑낑거리면 "괜찮아, 괜찮아" 하며 토닥여준다. 자주 악몽을 꾸는 것 같다.

커리는 두 살 된 수컷 몰티즈다. 나의 또 다른 이름인 칼리와 닮은 발음으로 불린다. 커리는 언니와 함께 사는 달이와 부엉이 사이에서 태어난 셋째다. 태어나고 3개월 후 보호자를 만났지만 얼마 안 가 헤어졌다. 갈 곳 없는 커리의 상황과 바다와 산이 있는 곳으로 이사하는 나의 시기가 맞아 1년 전부터 동거를 시작했다. 커리와 함께 이사 온 첫날, 이삿짐을 정리한 후 잠시 편의점에 다녀오는 길이었다. 집 밖에서까지 커리의 곡소리가 들렸다. 내가 없는 사이 무서웠던 걸까. 커리를 보면서 분리불안장애가 있는 건지 고민했다. 전 주인에게 방치되거나 학대당한 건 아닐까, 안쓰러운 마음에 커리를 동정했다. 부담스럽기도 했다. 커리가 나를 너무 의존하면 어떡하지. 나는 커리에게 좋은 보호자가 될 수 있을까. 대책 없이 데려온 건 아닐까 덜컥 겁이 났다. 그러면서도 커리의 사랑스러움에 취해 내게 사랑을 가르쳐주는 존재라고 치켜세웠다. 커리는 나의 '강아지'였고 나는 커리의 주인, 보호자였다.

커리와 처음 바닷가로 산책을 나간 날이었다. 커리는 몇 초간 바다를 응시했다. 최선을 다해 달리는 나보다도 빠르게 모래사장 끝과 끝을 맹렬히 오갔다. 곧이어 내가 바닷물로 들어가자 잠시 망설이더니 바닷속으로 들어왔다. 첫 수영인데 나보다 능숙하게 물장구를 쳤다. 파도치는 바다와 넓은 모래사장에서 커리는 용맹했다. 벽면이 막힌 집, 도로로 가득한 세상은 커리에게 얼마나 비좁을까. 내가 커리를 인식하는 틀도 얼마나 좁은 걸까. 인간이 뭐라고 비인간 동물을 네모 칸의 방에서 키우겠다는 건지, 하고 생각하니 커리에게 미안해졌다.

물에서 나와 모래사장에 얼굴을 붙이고 하늘을 올려다봤다. 커리의 눈높이로 보는 세상이다. 네발로 기다가 커리와 눈을 마주쳤다. 나보다 검고 커다란 눈동자를 번뜩이는 커리. 커리의 얼굴이 보였다. 잠자리의 얼굴, 돌고래의 얼굴, 나의 얼굴이 있듯 커리에게도 얼굴이 있다. 커리의 강아지성, 몰티즈성, 수컷성이 흩어지고 커리가 남았다.

커리는 '애완'견, 귀염둥이 강아지가 아니다. 커리라고 불리는 무엇이고 나는 커리의 주인이 아니다. 비좁고 눅눅한 세계에서 나와 오늘을 함께 살아가는 고마운 타자다. 나와 다른 방식으로 듣고, 보고, 느끼는 존재가 옆에 있다. 이 존재를 완전히 이해하기란 불가능하다.

커리와 지낸 지 1년이 되어간다. 커리와 지내는 일상은 생각보다 간단치 않았다. 하루에 한 번씩 가슴줄을 착용하고 동네를 산책한다. 집으로 돌아온 후엔 발을 닦는다. 3~4일에 한 번씩은 발바닥에 자란 털을 깎는다. 발톱이 자랐으면 발톱을 깎고 발톱칼로 다듬는다. 털과 긴 발톱 때문에 미끄러져 다리가 다치지 않도록 하기 위해서다. 일주일에 한 번씩 귀 청소를 하기 위해 귀 세척액으로 마사지하고 솜으로 닦아주어야 하고, 항문낭 염증을 예방하기 위해 엉덩이 쪽을 쓸어 올려 항문낭 액을 빼내준다. 눈곱이 많을 땐 눈곱빗으로 살살 눈곱을 떼주고, 털이 엉키지 않도록 빗질도 틈틈이 해준다. 항문과 성기가 있는 쪽은 위생을 위해 털을 꾸준히 깎아주어야 한다. 시야를 가려 불편하지 않도록 얼굴 털도 정리해준다. 물이 모자라지 않는지 물그릇을 수시로 확인하고, 작은 칫솔에 강아지용 치약을 덜어서 양치질도 해주어야 한다. 적절한 스트레스 해소용 간식과 장난감도 챙긴다. 종이나 천에 간식을 숨기고 찾게 하는 노즈워킹으로 후각을 사용해서 먹이를 찾을 수 있도록 한다. 본연의 야생성을 잃어버리지 않게 하기 위해서다. 목욕도 정기적으로 한다. 따뜻한 물로 목욕 후 감기에 걸리지 않도록 털을 잘 말려주어야 한다. 별거 아닌 것 같지만 내 몸을 돌보는 것도 어색한 내게 타자를 위한, 대가 없는 꾸준한 돌봄노동을 하는 건 여간 쉬운 일이 아니다.

정기적으로 동물병원에서 예방접종과 건강검진도 한다. 아파도 말을 하지 못하니까 진단을 받아야 어디가 아파서 낑낑거리는 건지 알 수 있다. 동물에게는 건강보험이 적용되지 않아서 병원비가 만만치 않다. 소형견은 다리 쪽 뼈인 슬개골이 자주 탈골된다고 한다. 커리도 곧 슬개골 수술을 해야 한다. 수술 비용은 150만 원. 스케일링도 곧 받아야 한다. 내 치아는 따로 관리하지 않는데 커리 치아는 잘 관리해주어야 한다. EBS 방송 〈세상에 나쁜 개는 없다〉를 꼬박꼬박 시청하면서 공부한다. 함께하려면 공부해야 한다. 아직도 모르는 게 많을 거다. 여전히 커리가 어렵고 좋고 고맙고 미안하다.

작은 방, 노트북에 눈을 박고 '죽음' '인류' '혁명' 이야기를 써 내려가다가 뒤를 돌아 커리를 보면 전투력을 상실한다. 깊은 고심을 안고 웅크리고 있으면 눈치 없이 뽀뽀를 한다. 이게 다 무슨 의미인가 싶다. 사회의 역할극, 인간의 역할극에서 나를 로그아웃시켜준다.

이슬람에는 라비아라는 수피가 있다. 지옥에 물을 끼얹고 천국에 불을 지르는 존재다. 커리는 내게 그런 존재다. 냉소에

불을 지펴주고, 의미의 열정에 찬물을 끼얹어준다. "정신 차려! 나를 봐. 지금의 나를 있는 그대로 보라고. 멍."

인터넷에서 '강아지가 좋아하는 음악'을 검색해봤다. 레게 음악이 좋다고 한다. 아침마다 레게음악 플레이리스트를 틀어놓는다. 커리가 정말 좋아하는지는 잘 모르겠다. 커리는 취향이 없을까? '인간이 좋아하는 음악'이 덩어리로 있는 게 아닌 것처럼, 커리가 좋아하는 선율과 리듬이 있을 거다. 언젠가 커리와 노래를 만들고 싶다. 철썩거리는 파도, 커리의 곡소리, 학학 웃는 소리로 만든 음악을.

당신을 모른다

비밀그림 ——

네팔 포카라에서 홈스테이를 할 때였다. 여행 중 돈이 떨어져 아이들에게 그림을 가르쳐주는 조건으로 중산층 가정집에 머물렀다. 2층으로 된 집에는 내 또래처럼 보이는 가정부 한 명과 스와리카라는 소녀와 그녀의 어머니와 남동생이 있었다. 아버지는 카트만두에 직장이 있어 주말에만 집에 오신다고 했다.

"소녀를 그리는 방법을 가르쳐주세요!"

열두 살 스와리카가 눈동자를 반짝이며 말했다. 옆에서 어머니가 기대에 찬 눈빛으로 나를 바라봤다.

아마도 인물화를 가르쳐주길 바란 것 같다. 나는 그림을 잘 그리는 기술을 가르친 적이 없다. 그런 기술이라면 내가 잘할 수 있는 일도, 하고 싶은 일도 아니다. 중요한 건 예쁘게 완성하는 게 아니라 그리는 과정에 얼마나 몰입하고 진심을 다했느냐다. 그런데 그림을 가르쳐주기로 한 조건으로 이곳에 머물렀는데 어떡하지. 소녀의 얼굴과 머리카락을 어떻게 그리는지 가르쳐주기는 싫다. 일단 알겠다고 대답한 뒤 어머니가 자리를 비웠을 때 아이에게 소곤거렸다.

"스와리카. 사실 그림을 잘 그리는 방법은 없어."

그녀는 놀라운 듯 쳐다봤다.

어머니가 오시기 전에 서둘러 붓에 물감을 묻혔다.

"봐봐."

스와리카가 가져온 널찍한 스케치북에 아무렇게나 물감을 칠했다. 종이의 흰 공간과 물감 색이 선과 면이 되어 무질서하게 널브러졌다.

"잘 보면 이 안에 소녀가 보일 거야."

나는 낯선 색깔, 패턴 사이에 보이는 소녀를 따라 그렸다. 뒷모습을 보이고 있는 소녀, 비를 맞고 있는 소녀가 나타났다.

"물감이랑 종이를 바라보면 소녀가 보여. 마음에 있는 게 보이는 거야. 그걸 따라 그리면 돼. 스와리카도 그릴 수 있어."

붓을 주었다. 그녀는 종이 위에 아무렇게나 붓 칠을 하고는 구부려 앉아 종이를 바라봤다.

"찾았다!"

그녀가 붓을 들고 외쳤다. 스케치북에 머리를 파묻고 붓 칠을 한다. 종이에 땅콩만 한 다리, 찌그러진 얼굴의 소녀가 나타났다. 흰 공간에 눈을 그리면 눈 주변 물감은 소녀의 머리카락이나 몸통이 됐다. 무질서한 패턴이 선과 만나 손가락과 발가락이 됐다. 스와리카는 신이 나서 다른 것도 그리자고 했다. 우리는 선과 면, 색깔 사이에서 달팽이, 거북이, 구름, 우산을 찾아냈다. 삐뚤빼뚤하고 흐물흐물한 그림들이 완성됐다. 대부분 우리 둘만 알아볼 수 있는 형태였다. 옆에 있던 다섯 살 남동생도 우리가 그리는 스케치북으로 다가와 물감을 덧댔다. 동생이 아무렇게나 칠한 색깔에 스와리카는 선과 점을 더해 의미를 입혔다.

그림 수업은 내가 머무는 며칠 동안 계속됐다. 스와리카가 아주 신나 보였으므로 어머니는 별다른 말을 하시진 않았다. 엉성하고 삐뚤빼뚤한 그림들이 마음에 드셨을지는 모르겠지만 말이다. 이런 식의 그림은 미술시간에 좋은 점수를 받기도 힘들 거다. 다만 그녀는 어디서나 소녀를 볼 수 있을 것이다. 흰 종이 안에서도, 침대에 누워 바라본 천장에서도, 벽지의 얼룩에서도.

비밀편지 ——

스와리카와 헤어질 때 한국어로 편지를 써줬다. 스와리카는 내게 알 수 없는 그림을 색종이에 그려서 줬고, 그림의 의미를 상상하면서 고맙다고 말했다. 나의 한글 편지를 받은 스와리카는 내용을 무척 궁금해했지만 무슨 뜻이냐고 묻진 않았다.

"편지 내용은 비밀이야. 언젠가 한국 사람을 만나면 무슨 뜻인지 물어봐."

스와리카에게 말하자 편지를 접어 주머니에 넣었다. 내가 그녀의 그림을 읽었듯 나의 편지도 상상으로 읽힐 것이다.

여행하면서 만난 외국인 친구들과 헤어질 때 종종 한국어로 편지를 써준다. 편지를 빌미로 상상과 설렘을 선물하는 거다. 내 서툰 영어로 미처 담지 못한 마음을 쓰기도 하고, 방명록처럼 그 사람에 대한 느낌을 쓰거나 영원히 읽히지 않는 일기를 쓰듯 구구절절 속내를 쓴다. 그들에게 내 글씨는 그림으로 보일 것이다. 한 외국 친구는 한글이 동그라미, 네모, 열린 세모가 그려진 재밌는 도형 같다고 했다. 마주치는 모든 곳에 그림이 있고, 그림 안에 언어가 있다. 느낌을 겨우 몇 가지 그림과 언어로 주고받을 뿐이다.

나는 외국어를 잘 못한다. 영어를 잘 못하니 이해해달라고 말한 후 손짓으로 겨우겨우 대화를 이어간다. 다른 언어를 사용하는 상대방을 이해할 수 없다는 걸 알아서 눈빛과 미세한 떨림, 의도, 맥락에 더 집중한다. 그들도 나에게 그렇다. 서로를 향해 몸통을 기울이고 표정을 살핀다.

같은 언어로 소통하면 '알고 있다'는 착각을 하기 쉽다. 착각은 폭력을 휘두를 근거가 된다. 내가 무엇을, 누군가를 다 알아버렸다고 생각하는 권태와 오만, 혐오. 모른다는 걸 알기에 환대할 수 있다. 같은 언어를 쓰는 한국에서보다 외국에서 더 환대를 느끼는 이유다. 동양인, 비영어권, 20대, 여성, 황인종에 대한 편견이 불편할 때도 많지만 말이다.

정직한 무지가 서로를 가깝게 한다. 우리에겐 더 많은 언어가 아니라 더 많은 무지가 필요할지도 모른다. 나는 당신을 모른다는 무지. 나는 나를 모르듯 당신을 모른다. 삶이 뭔지 세상이 뭔지 몰라서 여기저기 걸어 다닌다.

'당신은 이 글을 읽지 못해도 느낄 수 있을 것이다. 마음은 언어를 뛰어넘으니까.'

편지 마지막에 꼭 쓰는 말이다.

어떤 일기장

'나는 왜 쓰는가'를 주제로 원고를 써달라는 청탁이 왔다. 원고지 몇 매로 다 할 수 있는 이야기일까. 조지 오웰이 《나는 왜 쓰는가》에서 말한 것처럼, 누구나 정서적 태도가 있고 그것이 내 글의 뿌리가 된다. 내 글의 뿌리는 어디 있을까, 거슬러 더듬다 보니 어떤 일기장을 만났다.

나의 엄마는 가정주부였다. 엄마는 비 오는 날이면 두꺼운 커튼을 한쪽 벽에서 한쪽 벽까지 치고 잠을 잤다. 엄마는 비 오는 날이 좋다고 했는데, 왜냐고 물으면 "잠을 오랫동안 잘 수 있어서"라고 대답했다. 가끔 인터넷 채팅을 하던 엄마의 대화명은 '자미조아'였다. 잠이 좋다는 뜻이다. 남성들의 메시지가 끊이지 않던 대화명이라 엄마는 재밌는 메시지가 오면 언니와 나에게 보여주며 함께 웃었다. 엄마는 일요일마다 예배에 참석하는 기독교 신자였지만 가끔 산속에 들어가 스님처럼 살고 싶다고 말하곤 했다. 성에 관해 보수적이어서 늘 나에게 "여자는 몸을 조심해야 해" "순결해야 해"라고 말하면서도 이상한 남자를 만나서 결혼할까 봐 "연애를 많이 해봐야 해"라고도 일러주었다. 엄마는 가끔 친구들과 늦은 밤까지 놀면서 술을 마시고 들어왔다. 아빠는 그런 적 없던 엄마에게 실망하고 화를 냈지만, 나는 한껏 기분이 좋아져 집에 들어온 엄마가 즐거워 보여서 좋았다. 늦은 시간까지 엄마를 그리워하는 일은 힘들었지만.

엄마가 없던 날, 방 안에서 엄마의 일기장을 발견했다. 작은 스프링노트에 새겨진 매일의 날씨, 집 안 사물, 음식에 대한 메모, 커튼 색깔과 할머니, 언니와 아빠에 관한 고민, 자신감이 부족한 나에게 어떤 말을 해주면 좋을지 생각한 흔적, 평범한 식탁 위에서 오간 대화, 거기서 느낀 감응을 써 내려간 글이 담겨 있었다. 엄마의 일기를 훔쳐보는 게 미안했지만 글씨가 재밌어서 자꾸 보게 됐다. 일기장 속 엄마의 글씨는 그림 같았다. 동그라미는 아주 작게 그려져 있고, 모음은 길게 늘어졌다.

모음의 작대기는 달, 아니 활처럼 안쪽으로 구부러져 있었다. 멀리서 보면 흐릿한 음표 같은 글씨들. 그런 흐릿함이 내가 엄마 품에서 느낀 어떤 느낌과 섞여서 색다른 질감으로 다가왔다. '나는'으로 시작하는 문장을 보면서 엄마도 엄마이기 전에 '나'라는 걸 낯설게 느꼈다. 엄마도 나처럼 매일 달라지는 '나'구나. 읽는 것이 타자의 세계에 나를 앉히는 행위라면, 엄마이기 전의 낯선 타자를 마주치게 했던 엄마의 일기장은 처음 만난 책이기도 하다.

엄마의 외박이 잦아지고, 술을 마시는 날들이 늘어갔다. 아빠는 엄마에게 "알코올중독자, 더러운 년"이라고 밤마다 욕설을 내뱉었다. 열세 살 때 엄마와 아빠는 정식으로 헤어졌다. 얼마 후 고모들이 우리 집에 찾아와 둘러앉아 말했다.

"그렇게 생기지 않았는데, 그런 여자인 줄 몰랐네."

흔한 바람난 여자, 문란한 여자 서사로 엄마가 읽히고 있었다. 엄마의 몽롱한 글씨체와 섬세한 시선, 그 시선이 마주쳤을 아빠의 폭력과 두 사람 사이의 맥락을 알지 못하는 사람들은 그저 튀어나온 송곳처럼 엄마의 자리를 벗어난 엄마가 그런 여자라고 해석하고 있었다.

"우리 엄마 그런 사람 아니에요."

보이지 않게 주먹을 쥐고 고모들의 눈을 똑바로 쳐다보면서 말했다. 고모들은 당황하면서도 '쟤는 왜 저러지, 자기 엄마니까 그렇겠지' 하는 안쓰러운 눈빛으로 나를 봤다. 그들을 뒤로 하고 방으로 들어가 문을 꽝 닫았다. 책상 구석에 비스듬히 꽂힌 엄마의 일기장을 쳐다봤다. 아무도 모르는, 누구의 판단으로도 해석될 수 없는 고유한 글씨가 담긴 종이들. 그들은 함부로 엄마를 읽고 있었다. 책상 위에 널브러진 아무 공책이나 펼쳐서 연필로 꾹꾹 눌러썼다. '아무도 모른다. 엄마를 아는 사람은 아무도 없다.' 떨어진 눈물이 마르지 않아 연필 끝이 가는 곳마다 종이가 찢어졌다.

그때부터였던 것 같다. 연필을 쥐고 종이를 누르며 버려진 기억의 조각을 기록하게 된 것은. 쓰는 것밖에, 흰색 종이에 연필로 꾹꾹 눌러쓰는 것밖에는 할 수 있는 게 없었다. 그곳이 아니면 내가 기억하는 엄마와 내가 기억하는 내가 해석되지 않을 공간이 없다.

해석되는 존재는 늘 해석당하고, 해석하는 위치에 서 있는 기존의 언어는 늘 말하지 못하는 존재를 해석한다. 16년이 지난 지금, 내가 나의 서사를 쓰지 않으면 읽히고 납작해지고 분류되어버린다는 걸 안다. 글을 쓰는 건 치열한 싸움이기도 하다. 두 가지의 싸움이다. 내가 나의 삶을 내 멋대로 편집할 수 있는 서사 편집권을 확보하는 일. 언어를 갖지 못한 내 언어를 드러내기 위해 기존 언어를 차용해 다른 언어로 뱉어내는 일. 언어는 종교의 경전처럼 지배 권력의 입맛에 복종하는 도구로 전락되기 쉽지만, 처음 의도는 그게 아니었다고 믿고 싶다. 쓰는 건 싸움이고 실존이다. 내 서사의 편집권, 이 연약한 무기 하나로 생을 건널 수 있을 것 같다.

군복 입은 사람의 시

"어쩔 수 없는 현실이야."

"현실은 냉혹해."

"남들은 다 그러는데."

아빠가 자주 하던 점잖은 말이다. 대부분 욕설이 섞인다. 점잖지 않은 말들은 차마 이곳에 적기 힘들다. 언어폭력과 명령과 구속이 싫어 스무 살에 집을 떠났고, 이후로 아주 가끔 아빠를 만난다.

아빠는 군인답게 명령으로 가족을 대했다. 아빠에게 최초로 얼굴을 맞은 날을 기억한다. 열아홉 살 때, 저녁 식사를 하는 중이었다. 아빠는 벌겋게 부푼 얼굴로 북한이 우리를 주시하고 있다며 국가안보와 주한미군이 얼마나 중요한지 말하기 시작했다. 아빠의 눈치를 보는 건 오랜 습관이었다. 특히 북한 얘기에는 말대꾸를 하지 않았다. 만약 북한을 적대하는 아빠의 말에 맞장구를 치지 않으면, 내가 어딘가에서 세뇌당한 빨갱이가 되어간다고 말했다. 이번에는 가만히 듣다가 한마디 보탰다.

"그래도 주한미군은 언젠가 철수해야지. 당연한 거 아니야?"

아빠는 잡고 있던 숟가락을 내려놓고 순식간에 나의 왼쪽 뺨을 때렸다. 너무 충격적이어서 기억은 잘 나지 않지만, 방으로 들어가 소리 지르고 울면서 발로 문을 쾅쾅 찼던 것 같다. 아직도 방문에는 내 발이 찬 흔적이 커다랗게 남아 있다. 얼굴을 맞은 흔적은 사라졌지만, 그때 나의 비명은 거기에 있다. 집을 나가기 전까지 식탁에 함께 앉지 않았다. 그것이 내가 할 수 있는 유일한 저항이었다. 뺨을 때린 이유도 어처구니없다. 주한미군을 철수해야 한다고 말했다고 딸이기 전에 한 인간의 얼굴을 때리다니.

나를 때린 그날 아빠가 입은 군복의 팔뚝 부분에는 '멸공'이라는 까만 글씨가 이름표처럼 붙어 있었다. 피부 내피까지 군복을 입고 있는 사람. 그런 아빠가 언제부턴가 시를 썼다. 시를 쓰는 아빠를 보면서 비웃었다. 자신의 권력으로 옆 사람에게 폭력을 휘두르고도 그것이 폭력인지 모르고, 이념의 언어에 갇힌 사람이 시의 언어를 쓴다고. 웃기는 일이다.

열아홉 살 때 내가 집회에 다녀와 투쟁가를 흥얼거리면 아빠는 옆에서 군가를 불렀다. 누가 누가 더 큰 목소리로 노래하는지 겨루기라도 하듯. 투쟁가와 군가가 묘하게 닮아서 느낌이 이상했다. 만약 아빠가 군가 대신 투쟁가를 부르고, 지휘봉 대신 피켓을 들고 집회에 나오면 어떨까 상상한 적 있다. 그러면 세상은 바뀔까. 그렇지 않을 것 같다. 구호는 비틀거리는 심상을 담지 못한다. 구호와 경전과 담론과 이름표는 취약한 몸들을 소외시키기 쉽다.

나의 취약함과 내가 가담한 폭력, 그 폭력으로 지어진 언어 사이사이에 무의미한 삶의 실체가 드문드문 보이는 틈새가 있다. 시는 그 틈새의 흔적이다. 거기에는 눈물, 콧물, 오줌, 똥, 이빨, 피딱지, 피고름, 내가 소외시켜온 타자와 더러운 내 오물이 있다. 이런 틈새를 폭력으로 점철한 생활을 해오면서도 그것이 폭력이라고 인지하지도 못하는 사람이 보겠다고. 그게 가능하기나 할까.

몇 년이 지나 우연히 아빠의 시 습작노트를 본 적이 있다. '중년 남성이 신호등 불에 등 떠밀리듯 길을 건넌다 / 앞으로 밀쳐지고 뒤로 밀려나며' '비틀거리는 노을' '아무도 오지 않는 호숫가에서 출렁이는 나룻배'. 글씨는 안개처럼 희미해졌다가 진해진다. 비틀거린다. 시는 몇 년 묵은 퀴퀴한 담배 냄새처럼 초라하고 쓸쓸하다. 노트엔 무거운 철학적 언어가 범람한다. 시인의 문학적 권위를 동경하는 걸까 생각했다. 사르트르의 문장도 보인다. '실존이 본질에 선행한다.' 아빠는 사르트르를 좋아했다. "너 사르트르 알아?"라고 묻곤 했으니까. 남들에게 뒤처지지 않는 삶을 강요하고 가까운 사람들에게 온갖 언어폭력을 마다 않던 사람이 사르트르를 찬양한다니. 습작노트엔 확고한 정체성, 목표, 전략, 전술, 계획의 언어는 없다. 아빠의 시 습작노트를 보면서 한 가닥의 기대를 가졌던 것 같다. 늘 실존보다 본질을 말하던 아빠가 변한 걸까. 아니면 분열된 걸까. 샴쌍둥이처럼 두 개의 머리에 하나의 몸이 있으면 분명 두 개 이상의 의식도 가능할 거다. 사실 모두가 분열 상태가 아닌가. 단지 스스로가 분열 상태라는 걸 아느냐 모르느냐의 차이일지도.

실존이 본질에 선행한다고 썼던 아빠는 여전히 엄마와 언니와 나에게 욕설을 하고, 상처를 준다. 여전히 술을 마시는 엄마에게 '더러운 년'이라고 욕을 하고, 언니와 나에게 '정상적인' 가정을 만들라며 결혼은 왜 안 하냐고 성화다. 아름다운 시어와 가시 돋친 편견의 언어를 동시에 쓰는 아빠를 보면서 생각한다. 활자와 삶의 거리는 얼마나 멀고, 혹은 다른 걸까.

여성을 인간의 기본값으로 치지 않던 많은 남성 시인들이 떠오른다. 그들의 시에서 몽땅 뮤즈로 환원되는 여성들도. 고상한 시를 쓰는 남성 시인에게 성폭력을 당하고, 남성 작가, 남성 영화감독에게 성추행을 당한 여성들의 증언도 떠올랐다. 그녀들의 말은 틈새 속 틈새의 말이다. 인간의 말이 된 적 없는 말. 아빠가, 그들이 부럽다. 남성인 그들은 가해자가 되어도 자기연민을 풀어쓸 수 있는 언어를 쥐고 있다. 예술을 예술로, 시를 시로 봐야 한다고 누군가는 말한다. 모르겠다. 적어도 내게 그들의 시는 종잇장 위에서만 실현되는 틈새다. 고작 그 정도의 시라니. 고작 그 정도의 시인이라니. 아니면 기본값이 흉한 인간에게 시, 예술, 의미, 도덕이라는 순간의 구원이라도 있어 다행이라고 여겨야 할까.

궁금하다. 분열의 간극에 서 있는 군복 입은 저 사람은 본질을 뚫고 끝내 실존할 수 있을까. 종이 한 장 위에 쓰인 실존 말고, 오늘이라는 공간에서 실현되는 실존 말이다. 심오한 수사학과 자기연민에서 멈추지 않고, 의미의 밑바닥까지 추락할 수 있을까. 나의 언어와 언니의 언어와 엄마의 언어와 짐승의 언어를 알아듣고 주저앉아 함께 울 수 있을까. 아니, 우리의 말을 경청해주겠다고 결심해줄까.

어떻게 되든, 아빠가 계속 시를 썼으면 좋겠다. 훌륭한 시를 완성하고, 신춘문예에 당선되고 위대한 시인으로 등단하고 의미를 독점하기 위해서가 아니라 고차원적인 무엇이 따로 있다고 생각하는 믿음을 부술 수 있도록. 그 전에, 나와 엄마와 언니에게 휘두른 폭력에 대한 정중한 사과와 반성이 먼저다. 자신이 저지른 폭력을 볼 수 있는 용기, 자기연민에 멈춘 시의 세계를 깨는, 시까지도 깨부수는 시의 정신이 내가 아빠에게 줄 수 있는 유일한 선물일 거다.

당신이 너그럽지 않으면 좋겠습니다

밤새도록 남자에게 맞던 여자는 다음 날 꽃을 들고 와 무릎 꿇은 그를 용서하고, 화해하고, 평화를 되찾는다. 데이트폭력, 부부폭력의 사이클이다.

화해와 평화는 그녀의 입을 막기 위해 만들어졌다. 고통의 세월에 꽃 한 송이를 쥐여주면서, 당신은 아름다운 화해와 평화의 제물이라고 말한다. 고통에게 화해의 자장가를 불러준다. 분노로 대응하지 말고 화해의 언어로 말하자고 다정하게 강권한다.

2016년, 박근혜 정부가 일본군 위안부 피해자들의 동의 없이 '화해와 치유 재단'을 만들었다. 한국 정부는 일본 정부에 10억 엔을 받고 위안부와 관련된 모든 문제를 끝내기로 했다. 이후 문재인 정부의 공약이던 한일 위안부 합의 무효와 '화해와 치유 재단' 해산은 아직 실행되지 않고 있다. 위안부 생존자들의 수요집회는 계속되고 있다. 지겨울 만큼 오랫동안.

화해와 치유의 재단齋壇에는 제물이 필요하다. 제물은 여자다. 인류는 매일 차별과 폭력을 저지르고도 2천 년 넘게 살아남았다. 비법은 희생제물이다. 가족과 국가의 재단에서 여자를 제물로 바쳐 멸망을 면피한다. 가장 오래된 재단은 가족이다. 제물은 모성이다. 제물이 되길 거부하는 여자는, (모성을 지켜야 할) 여자가 (혹은 여자마저) 나를 무시한다는 이유로 길에서 죽음당하기도 한다. 그래서 여자는 원치 않는 임신을 해도 (남편이 아닌) 남자와 섹스한 대가로, 혹은 국가생산력을 위해 자궁에 생긴 세포를 낳아야만 한다. 척추와 골반이 뒤틀리고 항문이 찢어지는 출산을 감내한 후 이질적인 핏덩어리를 품에 안고 젖을 물리면 모성의 신전에 모셔진다. 그녀의 몸은 지워지고 대신 엄마, 어머니라는 이름의 여신이 된다. 여신은 맞아도 복수하지 않는다. 돌봄 노동의 대가를 요구하지 않는다. 비명을 지르지 않는다. 눈물은 부엌에서 몰래 터뜨려야 성스럽다.

그들은 가족의 평화를 기도하면서 묵묵히 양말을 기운다. 너그러운 어머니의 사랑은 가족을 지탱하고 자본과 씨름하는 남편을 지탱하고 아버지가 될 아들을 지탱하고 어머니가 될 딸들을 지탱하고, 그들이 이룩한 산업화를 지탱하고 군대를 지탱하고 국가를 지탱한다.

다음으로 오래된 재단은 국가다. 제물은 또다시 여자다. 여자는 국가에 소속된 국민과 군인을 위안하는 제물이다. '화해와 치유 재단'이라는 국가의 통장으로 위안부였던 제물의 대가가 들어왔다. 일본 정부가 쥐여준 10억 엔(108억 원). 국가는 생존 제물을 수술하다가 말고 피가 철철 흐르는데 봉합도 안 한 상태에서 수술을 멈췄다. 살아 있는 제물은 아파서 생비명을 지른다. 제발 끝까지 수술을 마쳐달라고, 아니 봉합이라도 해달라고 애원해도 끄떡없이 수술을 멈춘다.

화해와 치유로도 막지 못하는 비명이 있다. 사실 그녀들은 말을 멈춘 적이 없다. 말이 되지 못했을 뿐. 2016년 김포공항 청소노동자들은 일터에서의 성추행을 폭로하고, 삭발하고 단식을 시작했다. 3년 전부터 많은 여성들이 데이트폭력을 고발하고, 고통을 증언하고 있다. 2017년에는 각종 문화계와 종교계 내 성폭력 증언이 이어졌고 2018년에는 성추행, 성폭력 피해를 증언하고 연대하는 미투운동이 이어지고 있다.

그녀들에게 마이크가 쥐여진다. 제물이 자기도 인간이라고, 나의 말도 말이라고 외치고 있다. 부엌에서, 안방에서, 화장실에서 수도꼭지를 틀고 쏟아내던 눈물이 광장에서, 일터에서, 거리에서 줄줄 샌다.

당신이 너그럽지 않으면 좋겠다. 가족이나 평화나 화해나 치유 따위에 갇히지 않았으면 좋겠다. 사랑의 이름 말고, 맨발로 선 피투성이 인간이기를. 마당에서 광장에서 거리에서 무사히 살아 있기를. 눈물과 비명을 계속 누수시켜 폭력의 세계를 고장 내버리기를.

고정희 시인은 〈어느날의 창세기〉에서 이렇게 울었다.

> 핏물이 밥사발에 범람하지 않는 것은
> 일종의 너그러움일 거야.
> 세계인의 신음소리가 하늘을 덮지 않는 것은
> 일말의 너그러움일 거야.

돌들이 일어나 소리치지 않는 것은

너그러움일 거야.

어머니가 방생한 너그러움

임신한 여자가 담보 잡힌

너그러움일 거야.

등뼈를 쓰다듬는 너그러움.

살기를 풀어내는 너그러움.

아아 우주의

너 · 그 · 러 · 움 · 일 · 거 · 야.

나에겐 당신을 찬성할 자격이 없습니다

"합법화를 통해 동성애가 보호되면 가장 큰 문제점은 동성애를 반대하는 많은 국민의 양심과 표현, 종교와 학문의 자유가 억압되는 데 있다." H대학 학보에 실린 동성애 합법화 반대 칼럼에 있는 문장이다. 같은 주제의 기사가 두 번씩 연이어 게재되었고, 학생들에게 비판을 받자 학보사는 "특정 인물에 대한 비난, 욕설, 범죄의 소지가 있는 글을 제외한 모든 글을 싣습니다"라고 해명했다. 동성애자는 특정 인물이 아닌 걸까. 학보사 기자는 동성애를 차별하는 거냐고 묻는 사상검증은 옳지 않으니 검열할 수 없고, 동성애를 반대하는 기사는 표현의 자유라며 동성애를 반대하는 신념을 밝혔다.

이미 존재하는 사람들이 지워지고, 그 존재들을 찬성하고 반대하는 폭력이 활개 친다. 지난 대선 때는 공공연하게 "동성애를 찬성하십니까?"라고 묻는 광경이 텔레비전 대선 토론회에서 펼쳐졌다. 대선 토론회가 있던 밤, 성소수자 친구에게 카톡을 보냈다. 괜찮으냐고. 친구는 당연히 안 괜찮다고 말했다. 성소수자 동아리 단체카톡방이 있는데, 그 방에서는 "지금 저게 무슨 소리지?"라며 다들 귀를 의심하고 탄식했다고 한다. 친구는 며칠 뒤 SNS에 글을 올렸다. "거리에서 선거 유세가 한창이었다. 그들을 바라봤다. 그들이 고개 숙여 인사하는 국민 중에 나는 없다"라고 시작하는 글이었다. 친구는 투표했을까. 자신을 반대한다고 말하는 후보를 '대의'를 위해 선택했을까. 아니면 투표소를 서성이다가 발걸음을 돌렸을까. 친구의 글은 이렇게 마무리됐다. "대통령이 바뀌어도 크게 달라지지 않는다. 내 삶은."

친구와 만나 답답함을 토로하고 함께 분노했다. 다시 웃는 친구의 표정 뒤로 무거운 슬픔이 느껴졌다. 내 앞에 있는 이 사람을 반대한다고 말할 수 있는 권력은 어디서 나오는 걸까. 친구는 동성애인지 아닌지 검증하는 세상과 성소수자 동아리를 검열하는 대학에서 오늘도 투쟁하고 있다. 검열, 사상검증, 표현의 자유는 '동성애를 반대하는' 신념을 위해 여유롭게 입에 올릴 수 있는 무게일까. 친구에게 표현의 자유는 신념이기 전에 실존이다. 자기 자신으로 숨 쉬기 위한.

친구와 헤어진 후 집으로 돌아와 생각에 잠겼다. "흑인을 찬성하십니까?" 이 질문이 폭력이라는 걸 지금은 대다수 사람들이 안다. 이렇게 되기까지 오랜 시간이 걸렸다. 인간이 함부로 타인의 삶을 지레짐작하지 않고 재단하지 않기까지는 앞으로도 오랜 시간이 걸릴 것이다. 어쩌면 혐오는 영원히 사라지지 않을 것이다. 이해할 수 없는 타자의 이름을 도마 위에 올려놓는 건 인간에게 너무도 쉬운 일이다. 무기력함이 밀려와 풀썩 힘이 풀렸다.

친구의 따뜻한 손을 떠올렸다. 친구는 다시 곧 만나자며 두 손을 잡아줬다. 어떤 단어로도 대체할 수 없고, 어떤 존재라고 규정할 수 없는 따뜻한 손. 친구가 나를 잘 모르듯, 나는 친구를 잘 모른다. 나는 친구를 안다고 말할 자격도, 찬성하거나 반대한다고 말할 자격도 없다. 누구나 그렇다, 그래야 한다.

몰래 심장 뛰고 있는 그대여, 다양하고 다양한 그대여.

그 소리를 듣지 마오. 그 소리를 듣지 마오.

그대가 그대를 모르듯 그들도 그대를 모르죠.

내가 나를 모르듯 내가 그대를 모르듯.

바늘의 무게

단짝의 손바닥에 보이지 않던 굳은살이 깊이 박혀 있다. 그는 승강기 안전점검을 하는 하청업체의 하청 보조인력으로 일하고 있다. 200킬로그램 쇳덩이 여섯 묶음을 승강기에 옮긴 후 꼭대기층에서 맨 아래층까지 운행하는 일이다. 쇳덩이는 분동이라고 부른다. 승강기가 감당할 수 있는 양의 분동으로 1차 점검을 한 후, 2차로 125퍼센트 분량의 분동을 승강기에 싣고 점검한다.

그는 얼마 전 일을 하다가 공황 증상이 생긴 것 같다고 했다. 승강기에 초과된 무게를 싣고 불시에 멈추는 2차 점검 중이었다고 한다. 승강기 문에 문제가 생겨 승강기 안에서 문을 닫아야 하는 상황이었고, 그는 떠밀리듯 승강기 안으로 들어갔다고 한다. 쿵 하는 소리와 함께 승강기가 멈췄고, 그는 놀라서 주저앉았다. 다리가 떨릴 정도로 충격이었다고 한다. 승강기에서 나와 안전공사 직원에게 "그러게 초과용량 실을 때 위험하니까 타지 않겠다고 말하지 않았느냐"고 했더니 "그런 얘기한 적 없다"고 말했다고 한다.

이후에도 싫다고 했지만 얼떨결에 초과된 쇳덩이와 함께 승강기에 들어갔다고 한다. 밀폐된 승강기에서 충격을 받고, 이의를 제기해도 직원들은 책임을 회피했다고. 같은 하청의 동료에게 부당함을 호소했더니 "위험해도 점검을 해야 하는데 어쩔 수 없죠. 안에서 버튼 누를 사람이 필요한데"라고 말했다고 한다. 그는 "사람이 안전하게 타라고 하는 일인데, 안전점검을 하는 내 몸은 사람이 아닌가"라며 쓸쓸하게 웃었다.

그에게 물었다. "산재보험은 들어 있고?" 없다고 한다. 근로계약서는 썼냐고 물었다. 안 썼다고 한다. "그건 불법이야. 알바노조나 민주노총에 전화해서 상담받는 거 어때?" 그는 알겠다면서 말했다. "그래도 이번 정권 공약이 하청업체 문제를 해결하는 거래. 같이 일하는 사람들이 그랬어." 승강기 안전작업은 공무수행이라고 한다. 승강기 안전공단 직원들도 공무원이다. 그들의 하청의 하청인 그는 최소한의 법적 보호도 받지 못한다. 답답한 마음에 말했다. “사람들이랑 노동조합 만들어서 뭐라도 해야 하는 거 아니야?” 그가 대답했다. “나는 그러고 싶은데, 혼자서 되는 게 아니잖아. 사람들에게 말했는데 다들 어쩔 수 없다고 해. 원래 그런 거라고.” 그는 이런 무기력에 익숙해지기 싫다며 한숨을 쉬었다. 무기력, 어쩔 수 없는 세상, 원래 그런 세상이라는 말이 빠근한 쇳덩이처럼 그와 나를 짓누른다.

“이런 일상을 꼭 글로 쓰고 공유해줘. 다시는 초과용량일 때 승강기에 들어가지 마. 몸 조심히 일해. 다치지 말고.” 그에게 내가 마지막으로 해줄 수 있는 말이 고작 알아서 몸 조심히 일하라는 것인 게 서글프다.

그는 아침 7시부터 오후 5시까지 분동 일을 한다. 일이 끝난 평일 저녁에는 불교대학의 야간수업을 들으며 명상을 한다. 주말에는 그림 그리고 타투를 하는 타투이스트이기도 하다.

섬세한 바늘로 한 땀 한 땀 피부에 그림을 그리고 200킬로그램의 쇳덩이를 승강기에 나르는 사람. 승강기 안전점검을 하는 노동자이기 전에 사람. 그가 하는 모든 일은 기초를 다지고 새기고 어루만지는 일이다. 승복을 입고 있지 않아도 스님 같은 분위기를 풍기는 그는 출가를 생각하고 있다. 매일 아침 일찍 출근해 분동 200킬로그램을 나르는 일이 고되고 힘들지만, 이 과정이 수행 같아서 좋다고 한다.

그와 나를 짓누르는 건 단지 분동 200킬로그램과 적은 최저임금, 근로계약서조차 쓰지 않는 일터가 아니다. "어쩔 수 없는 일이야. 원래 현실이 그런걸. 그래도 달라지는 건 없어"에서 멈추는 말들이다. 일상에서, 일터에서 사람들을 짓누르는 잔인한 말들. 그 말들에 찌그러지지 않고 다시 웃는 그에게 고맙다.

얼마 전, 분동 한 건당 지급되는 급여를 줄이겠다는 통보가 왔다고 한다. 이에 하청 동료들은 처음으로 고용된 하청업체를 찾아가 '분동 업무에 대한 사업계약서'를 보여달라고 요구했다. 업체에서 계약서를 보여주지 않자 진정서를 제출하고, 다시 찾아가 노동조합을 만들겠다고 말했다고 한다. 이후로 하청의 사장이 노동조합을 만들겠다고 말한 동료들의 스케줄을 직접 관리했고, 그들의 일거리는 일주일째 주어지지 않고 있다고.

정당하게 일할 권리, 일할 자유는 얼마나 어려운 걸까. 저항할 권리, 일하지 않을 자유는 얼마나 멀리 있는 걸까. 휘지 않는 바늘처럼 계속 그리고 쓰고 말하자고 하는 것밖에는 할 수 있는 게 없다.

인간이 된 괴물들

세월호 참사 당시 언론은 보험액이 얼마인지, 유병언 아들이 동거하다가 무엇을 먹었는지 말했다. 사람들은 안전에 불안을 느꼈다. 수학여행에 보내지 말아야 한다, 혹은 가만히 있으라는 말을 듣지 말라고 했다. 이름도 얼굴도 모르는 죽음이기 때문일까. 그들의 죽음 앞에서 대한민국은 참 잔인했다. 타자의 고통은 일상적인 재난 방송이 된 걸까.

2016년 겨울, 조류독감AI 확산으로 2,500만 마리의 닭과 오리가 산 채로 땅에 묻혔다. A4 용지 한 장만 한 공간에서 닭과 오리는 평생 알을 낳다가 죽는다. 혹은 전염병에 걸려 산 채로 땅에 파묻혀서 죽는다. 공장식 축산으로 대량생산되는 동물들의 비명은 이미 조류독감을 예견해왔다. 계속 있어온 재난, 예측 가능한 학살이고 고통이다. 전염병에 감염되기 시작하면 사람들은 구덩이를 파고, 자루 하나에 20마리씩 담은 후 구덩이에 던진다. 공장식 축산이 계속되는 한 이들의 학살은 앞으로도 예정되어 있다.

조류독감 확산 뉴스를 듣고, 사람들은 말했다. "조류독감 유행이래, 조심하자." "그래도 치킨은 먹을 거야." "경제적 손실이 엄청나대." "대기업은 좋다는데?" 왕왕한 말들 가운데, 땅속에 파묻힌 2,500만 개의 심장은 없다. 인간은 얼마나 잔인해질 수 있을까. 사람도 먹고살기 힘드니까. 내 오늘이 고통스러우니까. 인간의 존엄이 우선이니까. 여러 가지 이유로 타자의 고통 앞에서 두려움에 떨거나, 미래나 과거를 계산한다. 애도는 너무도 멀다. 이것이 인간인가. 인간이라서 그런가.

예수의 생일, 크리스마스를 앞두고 있다. 인간은 비겁하다. 비겁하기 때문에 자연과 비인간 동물을 학살하면서도 아름다운 종교와 도덕에 취할 수 있다. 내가 공모하고 있는 폭력을 보지 않은 덕분에 오늘 무사히 행복하다. 살아생전 햇빛 한 줌 받지 못한 존재들이 처음 햇빛을 만난 날 땅속에 묻혔다.

2016년 12월 24일 크리스마스 이브에 종로 보신각에서 공장식 축산에 관한 다큐멘터리 영화 〈잡식가족의 딜레마〉를 만든 황윤 감독님과 동물권 활동가, 예술가들이 모여 이들을 위한 49제 위령제를 열었다.

다음은 위령제에서 낭독한 위령문이다. 그들에게, 또 그들이 아닌 나와 우리에게 바친다.

나는 너를 잊었다.
주린 배를 채울 빠르고 값싼 피가 필요했다.
배 속엔 너의 피가 켜켜이 저장되어
나의 몸은 내가 아니다.
나는 너를 잊었다. 우리는 너를 잊었다.

인간에게는 망각의 강이 있어
오늘 무사히 웃을 수 있으니
너의 비명을 산 채로 묻는다.
세상에서 가장 조용한 비명.
아무렇지도 않은 학살이다.

인간이 된 괴물들이 말한다.

"계란 대란."

"국산닭 씨가 마른다."

"보상액 1,500억 원 돌파."

"AI 공포 확산."

"달걀 가격, 2주 만에 17퍼센트 급등."

"프랜차이즈 치킨업계 '큰 타격 없다'."

"AI 무서운 후폭풍, 크리스마스 케이크도 '비상'."

"유통업계 '계란 구하기' 초비상."

"사상 최악 AI, 소비까지 얼어붙나."

"사람도 살기 어려운데, 동물까지 어떻게 챙기라는 거야."

네 죽음의 사건 속에 너는 없다.

뛰는 심장과 따뜻한 배

깃털이 자라던 날개

자루에 담겨 놀란 눈동자를 굴리는 소리

맨발로 흙구덩이에 서서 날갯짓했을 몸부림

썩은 철장의 악취는 없다.

인간의 귀가 그것을 듣고 싶지 않아서

인간의 코가 그것을 원하지 않아서.

발톱으로 할퀼 수 없어서
메아리가 대신 전하는 비명이 있다.
공장 문틈으로 새는 비명을 자루에 담아
흙구덩이에 묻는다.
땅에서 솟구치는 비명을 다시 공장 굴뚝으로
쑤셔 넣고 쑤셔 넣고 쑤셔 넣는다.

차가운 밥 구덩이에 입을 대고 하아,
입김을 불어넣으면
얼어붙은 깃털은 녹을 수 있을까.
감지 못한 눈동자를 달랠 수 있을까.
2,500만 개의 심장은 우리를 용서할 수 있을까.
용서받을 수 있을까.
인간이 된 괴물인 나는
2,500만 번의 학살 앞에 뻔뻔하게 용서를 구할 수 없다.

우리가 모두 저 구덩이를 거쳐 가야 한다. 가야만 한다.

집단자살

2017년 10월, 포항 북구 바닷가에 있는 나의 방에서 낮잠을 자고 있었다. 세상이 흔들리는 느낌에 눈을 떴는데 방 전체가 움직이고 있었다. 무슨 일이지? 깜짝 놀라 이불을 붙잡았다. 이런 흔들림은 처음이다. 낯선 공포에 몸이 굳어버렸다. 누워 있던 침대가 앞뒤로 움직이고 내 몸도 따라 움직였다. 책상 위에 있던 노트북과 책들이 무너지는 소리가 들렸다. 고개를 살짝 들어보니 책상과 함께 책들이 와르르 떨어진다. 벽에 붙어 있던 장신구도 힘없이 떨어진다. 핸드폰에서 빽, 빽 소리가 났다. 재난문자다. '포항 북구 5.4도 지진 발생.' 단 5초간의 지진이었다고 한다. 긴 시간 같았는데. 서둘러 핸드폰을 들고 바닥에서 짖는 커리를 데리고 집 밖으로 나왔다. 부엌의 냉장고가

한 걸음 이동하고, 화장실 선반에 있던 수건은 바닥에 흩어져 있었다.

옆집 벽은 금이 가 어긋나 있었다. 바닥에 떨어진 부서진 콘크리트 가루가 보였다. 옥상에서 물탱크가 터졌는지, 물이 줄줄 새는 건물도 보였다. 집 앞 놀이터에 동네 사람들이 바쁘게 핸드폰을 보면서 모였다. 바로 옆 바닷가로 가보니 카페 벽의 통유리가 깨지고 횟집이 정전되어 수리 중이었다. 미동 없이 깊고 넓은 바다를 바라봤다. 애초부터 파도치는 저곳은 안전할까, 바닷속은 안전할까 생각했다. 나중에 알았지만 바닷가 근처는 더 큰 지진이 나면 해일의 위험이 있다고 한다. 바닷가 옆 아스팔트 바닥에 털썩 쭈그려 앉았다. 놀란 마음에 식은 눈물이 계속 나왔다. 나를 받치고 있는 아스팔트 바닥이 허술한 몰골같이 느껴진다. 가까이에 서 있는 건물이 무너질 것 같다.

갑자기 원전이 떠올랐다. 원자력발전소는 괜찮을까, 그쪽으로 지진이 크게 난다면 모든 게 먼지가 될 텐데. 우리는 집단자살을 하고 있었구나. 아직 오지 않았을 뿐, 우리는 다 같이 언제든 갈 수 있다. 죽음으로. 아! 하고 비명을 지르면서 동시에 이미 먼지가 될 것이다. 인간만 인류가 멸망하고 있다는 걸

매일 잊어버린다. 이런 생각이 너무 극단적이고 부정적이라고 생각할지도 모른다. 그러나 이미 세상이 극단적이다. 충분히 극단적인 원전을 세워놓고 방치하고 있다. 비관이나 낙관이 아니라 각성의 문제다.

지진을 겪은 후 더 자주 생각하게 된다. 인류는 어떻게 멸망하게 될까. 뉴스에서 말하는 것처럼 6년 후 소행성이 지구와 충돌하거나, 핵전쟁이 일어나 얼떨결에, 혹은 이슬람 종교분쟁으로 3차 세계대전이 발발해 세계정부가 수립되고 이에 반발한 인류 대다수가 삶의 무의미함을 느껴 집단자살을 하게 될까. 대규모 공장식 축산이 끝나지 않아 조류독감, 구제역보다 강력한 변종 바이러스가 출현해 감염으로 멸망할지도 모른다. 멸망이라는 단어를 사용해 거창해 보이지만, 이미 인류는 서서히 죽어가고 있는 게 아닐까. 후쿠시마 원전 사고로 방사능이 동쪽 바다로 흘러가면서 지구를 덮고 있다. 방사능이 한반도까지 덮칠 즈음, 그제야 요만한 땅에 세운 원자력발전소를 폐기할까. 더 큰 강도의 지진이 찾아왔을 때 원자력발전소를 손쓰려고 미동이나 할까. 포항 지진 1년 전과 지진 1년 후인 얼마 전에도 지진이 있었다. 오늘은 무사하지만 원자력발전소는 내일도 가동된다. 저항에, 변화에, 뒤집는 것에 선택의 여지가 있는 건가.

처음으로 땅과 나의 모든 토대가 흔들리는 경험을 했다. 지진을 겪은 이후로 잠들기 전에 방이 움직이면 어떡할지 고민한다. 대피로를 상상하면서 샤워를 한다. 허술한 땅, 허술한 건물 속 허술한 침대 위에서 오늘도 숨 쉬고 있다. 무너지기 전까지는 나를 둘러싼 모든 게 얼마나 허술한지 알기 어렵다.

농담

태초에 아담이 있었다. 그는 자신과 닮은 릴리스를 만났다. 릴리스는 밤이면 울고, 새벽엔 혼자 화를 냈다. 알 수 없는 노래를 부르고, 어떤 날 아침에는 시체처럼 잠만 잤다. 그는 릴리스의 이상한 소리가 듣기 싫어서 동쪽으로 떠난다. 그곳에는 릴리스와 닮은, 알 수 없는 고함을 지르고 이빨을 갈고 짐승처럼 걸어 다니는 원주민이 살았다. 그는 그들에게 '미지'라고 이름 붙인다.

그는 자신이 이해할 수 없는 모든 존재를 '미지'로 이름 붙이고 자신인 것과 자신이 아닌 것, 두 가지로 나눈다. 자신을 닮은 낮과 태양에 양을, 릴리스와 닮은 밤과 달을 음이라고 부른다. 세상은 모두 두 가지다. 음과 양. 어둠과 빛. 죽음과 탄생. 물과 불. 땅과 하늘. 미지와 현실. 음, 죽음, 어둠, 미지는 여성이라고 불리는 개체로 기호화하기 좋다. 그것들은 위험해서 매혹적이다.

사실 이 분류가 그다지 과학적이지 못하다는 걸 스스로도 안다. 자기가 아닌 것들, 자기가 이해할 수 없는 것들은 미지로 분류해 '통친' 거니까. 그래도 세계를 두 가지로 나누고 해석하는 건 편리하고 효율적이다. 비합리가 들끓는 미지의 세계에서 이 분류 방식은 정확하고 딱딱 떨어지는 것이다. 심연의 공포도 가려준다.

사악함과 거룩함. 어둠과 빛. 안과 밖. 자연과 문화. 야만과 문명. 이것을 효과적으로 설명할 기표가 필요해 언어를 만든다. 만물을 언어로 묶어 분류한다. 언어로 정리하는 과정에서 그는 이 땅을 다스려야 하는 자신의 사명을 어렴풋이 깨닫는다. 야만적인 동물과 자연과 미지를 다스려 유토피아를 건설해야 하는 사명이다.

아담은 자신과 닮은 존재를 남기기 위해 자손을 낳기로 한다. 먼저 자신의 갈비뼈로 만든 이브와 결혼한다. 릴리스와 닮은 구석이 있지만 덜 피곤한 여성이다. 그는 이브와 가정을 꾸리고 매일 아침 거룩한 기도를 올린다. 모든 존재가 안정되길 바라는 마음으로 언어를 배열한다. 비합리와 합리. 대상과 주체. 사와 공. 내향과 외향. 수렴과 발산. 속인과 도인. 감성과 이성. 몸과 정신. 유물과 관념. 형이하학과 형이상학. 개인과 집단. 존재와 관계. 주관과 객관. 변화와 고정.

자손은 점점 많아진다. 늘어나는 자손을 감당하기 위해 어쩔 수 없이 강을 파고 나무를 베고 동물의 가죽을 벗기고 그들을 먹는다. 가족을 위해서다. 그의 노고를 아는지 모르는지, 철없는 이브와 비행하는 아이들은 자꾸 사과를 따 먹으려고 하고 위험하게 물가에서 수영을 한다. 두려움은 안전벨트다. 그는 아이들에게 정상의 범주를 정해주고, 이것을 넘으면 비정상이 된다고 가르친다. 무서운 다른 마을 사람들이 얼마나 끔찍하게 살아가는지 말하면서. 몇몇 아이는 수영을 하다가 익사하거나 울타리 밖으로 실종되거나 자발적으로 죽음을 택했다. 아찔한 죽음을 응시하다니. 그는 위험한 아이들을 통제할 방법을 고안한다. 삶과 세계에 목표와 방법, 문제와 정답을 부여해 시스템화하는 일이다.

그는 아이들이 울타리에서 안전하게 지내도록 미래라는 시간을 발명해 생애 주기별 과업을 정해주고 장래희망을 질문한다. 아이들은 아버지가 지어준 이름표를 달고, 의미 있는 미래를 향해 자신을 계발한다. 이분법은 구체화된다. 실패와 성공. 비주류와 주류. 비정상과 정상. 약자와 강자. 후진국과 선진국. 패배와 승리. 이상과 현실. 여가와 일상. 과거와 미래. 접속과 차단. 연습과 실전. 과정과 결과. 아마추어와 프로. 대부분의 아이들은 더 이상 울타리를 넘어서지 않는다. 모든 게 고요하고 평화롭다.

아담은 가족들에게 의사이자 철학자이자 사상가이자 아버지 하느님이다. 그의 일은 건물을 세우고 전쟁에 대비하고 가족을 진단하고, 평가하고, 조언하고, 지시하고, 답을 주는 것이다. 그의 아내는 동물을 손질해 식탁을 차리고, 집을 아름답게 가꾸고, 아이들의 말을 경청하고, 안아주고, 수용하고, 미소 짓고, 그의 지시에 발맞춰 아이들을 통제한다.

그는 만능 엔터테이너고 가족은 그가 없이 무엇도 결정 내릴 수 없다. 정답이 아닐까 봐 두려워서다. 믿음의 기둥인 아담이 있기에 가족은 붕괴되지 않는다. 그는 전지전능하지만 외롭다. 외로움은 견딜 수 있다. 대신 고독을 즐긴다. 고독은 거룩하다. 언젠가 그의 삶이 끝나면, 영광의 비석이 세워지리라. 그는 그의 여정을 his-tory라고 이름 붙인다. 분류해온 언어를 모아 자신의 삶을 기록한다. 아이들은 학교에서 그것을 읽는다.

어느 날 아담은 짐승의 눈동자가 나오는 꿈을 꾼다. 눈동자 가운데 검은 홀. 그 구멍에는 아무것도 없다. 거룩한 이성도 아찔한 신비도 없다. 섬뜩한 꿈에서 깨어난 그는 알 수 없는 불안을 느낀다. 진통제를 삼키고 바깥을 응시한다. 전쟁 위험이 도사리는 울타리다. 모르는 적들을 제거해야 이상한 꿈도 꾸지 않을 거다. 그들이 이곳으로 언제 쳐들어올지 모른다. 무기를 만들어야 한다. 어쩔 수 없는 일이다. 가족을 지키기 위해서다. 이런 바깥일도 모르고 이브와 아이들은 굼뜨게 움직인다. 이들이 가엾고 안타깝다.

그는 꿈에서 본 눈동자의 핵에서 힌트를 얻어 원자를 발견한다. 그는 강바닥을 파고 산을 동강 낸다. 산과 산 사이에 원자를 개발할 발전소를 세운다. 초목은 저항 없이 자기 몸을 내준다. 아담은 초록색 피가 묻은 얼굴로 생각한다. 이거 하나면 적들의 침범을 막을 수 있는 건 물론이고, 영원한 풍요도 가능하다.

그가 거룩한 기도를 올리던 어느 날 아침, 땅이 흔들렸다. 모은 두 손이 흔들리고 건물이 움직인다. 아이들이 소리를 지르기 시작할 때 산이 희뿌연 조각으로 보인다. 그 순간 아담과 아이들과 아내 모두 흔적 없이 사라진다. 그들은 집단자살을 하고 있었고, 자연은 저항 없이 그것을 도왔다. 아무도 그것을 몰랐다. 'history'가 새겨진 비석과 책은 모래알보다 작은 먼지가 되어 바람 속을 유영한다. 바람은 그들을 끌어안고 눈동자 속으로 데리고 간다.

4
독방을 부수며

〈독방 부수기〉 530×455, Oil on Canvas, 2018

나를 거부하는 세계를 거부한다

편견과 낙인은 부수라고 있는 거다
낙인찍힌 존재가 아무렇지도 않은 오늘을 살아내면서
아무렇지도 않게 흥얼거리는 소리는 그 자체로 균열이지 않을까

중요한 건 모든 게 역할극이라는 걸 잊지 않는 거다
특권과 차별과 특별함과 비참함에 속지 않는 일이다

규격화된 몸이 지배하는 거리에 균열을 보태고 싶다

깨끗한 몸 말고
더러워서 고유한 몸으로

〈물구나무〉 455×379, Oil on Canvas, 2018

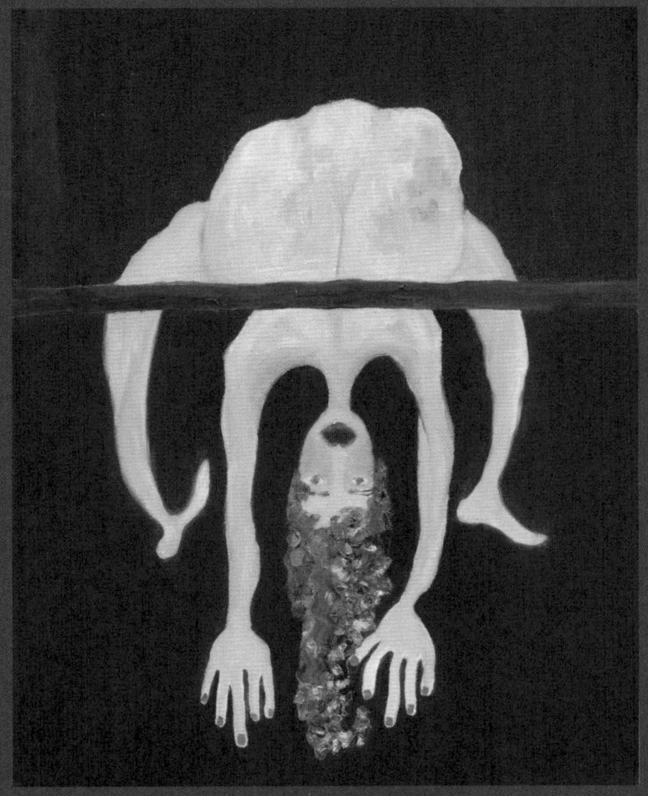

〈까꿍〉 455×379, Oil on Canvas, 2018

아무리 견고한 벽도 쉬이 유지되지 못하고
허술한 토대도 쉽게 바뀌지 않는다

그저 낙서들이 범람했으면 좋겠다
불온한 아우성에 삐뚤삐뚤한 낙서를 보태고 싶다
우스운 역할극을 배회하고 모험하면서

불법이 된 풀잎, 괴물이 된 사람들

한 가수가 대마초를 흡입했다고 시끄럽다. 해마다, 격년마다 등장하는 뉴스다. 대마초는 국가가 불법으로 정한 풀이다. 대마는 옛날 옛적부터 한반도에서 옷과 한약 재료로 친근하게 쓰였다. 가난한 민초들은 비싼 담뱃잎 대신 대마잎을 말아 피우기도 했다. 풀잎은 박정희 정권에서 불법이 되었다. 불법과 합법의 경계는 국가가 정한다. 술과 담배는 국가가 허락한 마약이라서 마음을 진정시킬 때 술을 잘 마시지 못하는 나는 담배의 도움을 받는다.

2년 전 인도에 갔을 때 맨발로 거리를 걸어 다니며 명상하고 수행하는 사두들을 만났다. 그들은 담배나 술보다 중독성이 약하고 환각 작용이 없는 대마초를 피우고 있었다. 대마초를 압축해 만든 해시시를 지우개 가루처럼 잘게 잘라 일반 담뱃잎과 섞은 후 종이에 돌돌 말아서 피거나, 물담배 봉에 한 올씩 올려놓고 수증기와 함께 들이마신다. 대마초에 라씨(인도의 요거트 음료)를 섞어 만든 방라씨도 있는데, 현지인들도 은밀하게 애용하는 음료라고 한다. 그들은 대마초를 피우거나 먹으면서 모든 이들이 우주의 중심이고 만물이 서로 연결되어 있음을 느낀다고 했다. 자기 안에서 취하는 게 아니라, 차분하게 깨어 있으려고 대마초를 피우는 거다. 그들을 보면서 깨어 있는 것과 취해 있는 건 얼마나 다르고, 또 얼마나 같은 걸까 생각했다. 그들이 명상을 하는 것처럼 대마초를 피우는 것도 지금의 공간에서 모든 것과 감각으로 만나기 위해서다.

인상 깊은 사두가 있었다. 그가 태어나 자란 곳은 유럽인데, 자신이 소속된 국가에서 탈출해 인도로 실종했다고 스스로를 소개했다. 자칭 무국적자인 그는 인도 방방곡곡에서 지낸 지 12년째다. 작은 산마을에서 아침 일찍 등산을 다니면서 명상하고 카페에서 사람들을 만나며 이런저런 이야기를 나누다가 음악을 연주하거나 그림을 그리는 게 그의 하루 일과다. 그뿐 아니라, 다른 사두들도 나름대로의 노동을 하며 생활한다. 사람들에게 이야기를 들려주면서 돈을 받거나 짜이(인도의 차)를 얻어먹기도 하고, 길거리에 앉아 가는 실로 만든 팔찌를 만들어서 팔기도 한다. 두꺼운 분장을 하고 사람들의 이마에 흰색, 주황색, 빨간색 가루를 묻히고 기도해준 후 음식이나 담배, 돈을 받기도 한다. 각자가 할 수 있는 창조적 작업, 하고 싶은 소일거리 혹은 노동을 하면서 수행 생활을 하는 것이다.

그들에게 수행과 노동과 예술과 일상과 일터의 구분은 의미가 없다. 일하지 않는 그들은 국가라는 종교를 믿지 않는다. 성실한 세납자도 아니고 주민등록증 따위도 없는 이들은 국가의 질서를 위협한다. 대마초를 피워서가 아니라, 무소의 뿔처럼 살아가기 때문이다. 이들의 존재 자체가 수(망치 마)약이다.

인도에서도 대마초는 불법이지만 캐나다, 네덜란드, 미국 몇 개 주를 포함한 많은 나라에서는 합법이다. 세계적으로 대마초를 비범죄화, 합법화하기 위한 토론이 활발하다. 국내에서는 몇 해 전 유명 영화배우, 감독 등이 '대마 합법화 및 문화적 권리 확대를 위한 문화예술인 모임'을 만들고 위헌 소송을 했지만, 수용되지 않았다. 얼떨결에 대한민국에서 태어난 나는 대마초가 합법인 나라에서 대마초를 피워도 불법이 된다. 한국에서 마리화나, 대마초는 악마화되어 있다. 의료용 대마초도 합법화되지 못하는 상황이다.

뮤지션이자 시인인 밥 말리는 라스타파리안교라는 종교를 믿었다. 라스타파리안교에서 마리화나를 피우는 건 하나의 의식이다. 그들은 마리화나를 지혜의 담배, '간자'라고 불렀다. 마리화나, 대마초가 지혜의 담배라고 느낀 사람들은 많다. 역사적으로도 많은 예술가가 마리화나를 사이좋게 공유하면서 거기서 얻은 영감을 그림과 시와 소설과 음악으로 표현하기도 했다. 어떤 록밴드는 공연 바로 직전에 마리화나를 흡입한 뒤 충만한 뮤즈로 사람들을 엑스터시 상태로 몰입하게 한다.

이런 행위가 약물의 힘을 빌린 약발이고, 스스로의 능력이 아니라고 비하하는 사람들도 있다. 그들에게 묻고 싶다. 창작이 정말 독립적인 자신의 능력에서 나온다고 생각하는 거냐고. 자신이 세상과 동떨어진 주체이고, 모든 창작물이 자신의 독립된 손에서만 나온다고 생각하는 게 이미 자신에게 취해 있는 상태가 아닌가. 애초에 창작은 '내'가 하는 게 아니라 내가 텅 빈 상태로 무엇이 내 몸을 통과하면서 나오는 일종의 빙의가 아닐까. 그렇다면 마리화나는 나에게서 로그아웃해 모든 존재를 그대로 비추는 투명한 창문일 거다. '나'라는 허구, 미래라는 허상에서 벗어나게 해주는 각성제이기에.

엑스터시, 혼돈의 상태, 취하는 게 위험하다고 생각한다면 묻고 싶다. 우리는 항상 무엇인가에 취해 있지 않은가. 왜 어떤 것에는 취해 있으면 안 되는 걸까. 국가생산력에 도움이 되어서 사회적으로 인정받는 성취중독과 합리강박과 자기 자신이 독립된 주체라는 환각은 장려되고, 생산력에 도움이 되지 않는 중독과 강박과 환각은 멸시받는다. 이 기준은 누가 정한 거고, 누구를 위한 기준일까. 그 전에 내가 나를 깨어 있게 하건 취하게 하건 누가 어떤 자격으로 금지할 수 있을까.

대마초 합법화를 위한 잡지 〈하이타임스〉를 발행한 마이클 존 케네디는 대마초 재배법을 세계에 알려 국가권력의 금지를 금지하려고 했다. 그에게 대마초는 부당한 권력에 짓밟힌 생명의 상징이었다. 불법인지 합법인지 정하는 건 여론의 얼굴 뒤에 숨은 지배 문화와 가치관이다. 국가는 불법을 필요로 한다. 비정상을 만들어야 정상의 범주에 있는 사람들이 뭉치고, 정상이 우위에 있는 피라미드를 유지할 수 있다. 그 때문에 불법은 계속 발명된다. 정해진 역할극을 고분고분 따르지 않는 존재를 괴물로 만들고, 법은 손쉽게 괴물을 불법화한다. 대마초는 그 희생제물 중 하나다. 마약은 악마의 환각제로 분류된다. '정상성'을 내면화한 개개인이 이미 환각 상태라는 걸 은폐하기 위해서다.

괴물이 된 사람들은 언제나 있어왔다. 전 정권에서는 종북빨갱이, 그때나 지금이나 동성애가 여전히 그렇다. 동성결혼을 금지하는 것도 모자랐는지 2016년에는 국가가 개인과 개인이 사적인 공간에서 합의해서 한 섹스도 처벌했다. 군인이 동성끼리 했다는 이유다. 그들은 사회의 모순과 내부 폭력을 표면적으로 해결한 것처럼 보이기 위한 희생제물이다.

곧 퀴어문화축제가 열린다. 반가운 자유의 공간에서 야생초 같은 사람들과 한바탕 놀 상상에 설렌다. 변태와 괴물과 풀잎은 '청정국가'에 과분하다.

> 언제나 취해 있어야 한다. 모든 것이 거기에 있다. 그것이 유일한 문제다. 그대의 어깨를 짓누르고, 땅을 향해 그대 몸을 구부러뜨

리는 저 시간의 무서운 짐을 느끼지 않으려면, 쉴 새 없이 취해야 한다.

그러나 무엇에? 술에, 시에 혹은 미덕에, 무엇에나 그대 좋을 대로. 아무튼 취하라.

그리하여 때때로, 궁전의 섬돌 위에서, 도랑의 푸른 풀 위에서, 그대의 방의 침울한 고독 속에서, 그대 깨어 일어나, 취기가 벌써 줄어들거나 사라지거든, 물어보라. 바람에, 물결에, 별에, 새에, 시계에, 달아나는 모든 것에, 울부짖는 모든 것에, 흘러가는 모든 것에, 노래하는 모든 것에, 말하는 모든 것에, 물어보라. 지금이 몇 시인지. 그러면 바람이, 물결이, 별이, 새가, 시계가, 그대에게 대답하리라. "지금은 취할 시간! 시간의 학대받는 노예가 되지 않으려면, 취하라. 끊임없이 취하라! 술에, 시에 혹은 미덕에, 그대 좋을 대로."

_샤를 보들레르, 〈취하라〉에서

걸어 다니는 캔버스

"어쩌려고 했어요?"

인도에서 만난 한국 남자가 내 어깨의 타투를 보고 말했다.

"왜요? 이게 뭐 어때서요?"

"여기서는 괜찮은데 한국 가면 어쩌시려고요."

무례한 그의 걱정만큼 한국 사회에서 여자가 타투를 하는 것은 여전히 편견을 몰고 다닐 수 있는 일이다.

내 의미를 각인하기 위해 타투를 새긴다. 무의미라는 의미를 기억하고 싶어서 새기기도 한다. 그러나 어떤 시선에서는 낙인으로 돌아온다. 타투가 범죄자의 낙인이거나 종교의 각인이던 역사는 길다. 나에게 타투는 낙인이라서 부적이다. 편견이 많은 사람을 차단하는 방패랄까. 타투 덕분에 "여자가 타투를 하면 싸 보입니다"라고 말하는 사람과 인연이 닿지 않아서 좋다. '타투 한 여자는 믿고 거른다'는 여성혐오 커뮤니티의 게시글을 본 후 더욱 안심된다.

첫 타투는 5년 전 네팔에서 했다. 왼쪽 손목에 칼을 그은 자국 옆에 재탄생과 생명력을 상징하는 트리스켈리온을 새겼다. 죽음을 계속 기억하고 싶어서다. 이후로도 각인하고 싶은 의미, 무의미를 살에 새겼다. 사념이 나를 고통스럽게 할 때 타투를 찾기도 한다. 통증은 사념을 잡아먹는다. 바늘이 생살을 찌를 때 발 없는 생각은 흩어지고 감각만 남는다. 감각이 나라는 걸 알려주는 통증이다. 나의 단짝이 타투이스트인 덕분에 점점 타투가 많아지고 있다. 그는 사람들이 피부마다 진동과 밀도가 다른 게 느껴진다고 한다.

내 오른쪽 어깨에는 물로 태어나고 불로 올라가는 눈이 세로로 누워 있다. 오른쪽 발목에는 불타는 검은 나무 위로 검은 새 네 마리가 날아다닌다. 왼쪽 중지에는 힌두교 파괴의 여신 칼리가 있다. 약지, 중지, 새끼손가락의 두 번째 마디에는 반쯤 눈 감은 눈동자들이 그려져 있다. 반수면 상태로 살아가는 모습이다. 꿈 같은 현실에 취하지 않고 자각몽을 꾸겠다는 결심이기도 하다. 왼쪽 손등에는 꿈에서 본 소라 형상이 미완성 상태로 그려져 있다. 손목에는 최초의 숨 '옴'과 수소의 머리뼈 위로 자라난 삐뚤빼뚤한 뿔이 있다. 얼핏 보면 볼펜으로 삐뚤빼뚤 낙서를 한 것 같다. 흐물흐물한 떨림과 호흡으로 살아내겠다는 집념의 무늬다. 영원과 연속성을 상징하는 뫼비우스는 목뒤에서 회전하고 있다. 마녀가 된 덕에 에덴동산에서 탈출하고 여성의 역할극을 벗어난 릴리스는 왼쪽 어깨뼈에서 나를 지켜준다. 피부라는 나무에서 새싹이 돋아나듯 나의 진동이 발화된 형상들이다.

엄마는 나를 만날 때마다 내 팔과 목에 있는 타투를 손으로 가리면서 말했다.

"빨리 지워."

"얘, 문신 창피해. 머리카락으로 가리고 있어."

그런 엄마가 얼마 전 타투를 했다.

엄마는 1년 전 옆집 개에게 종아리를 물렸다. 치료는 끝났지만, 상처는 엄지손톱 크기의 보랏빛 불그스름한 흔적으로 남았다. 언니와 나는 오랜만에 만난 엄마의 상처를 보면서 장난스럽게 말했다. 엄마가 언니와 내 몸에 있는 타투를 보면서 혀를 끌끌 차던 때였다.

“엄마, 여기 상처 위에 타투 하면 예쁘겠다! 꽃 같은 거 새기면 어때?”

엄마는 단숨에 “싫어!”라고 대답했다. 그리고 하루가 지난 후 다시 우리에게 말했다.

“여기 상처 위에 보리수랑 풀잎 같은 거 귀엽게 새기고 싶어.”

언니와 나는 예상치 못한 엄마의 결정에 놀라고 반가웠다.

“좋아! 엄마, 우리가 디자인해줄게. 타투는 진주 씨(나의 단짝이자 타투이스트)가 안 아프게 해줄 거야.”

언니와 나는 엄마가 원하는 아기자기한 디자인으로, 엄마의 상처와 어울리는 꽃과 풀잎을 그렸다. 엄마는 여러 디자인 중 언니가 그린 디자인을 선택했다. 엄마의 다리 상처 위에 작은 보리수와 연꽃잎이 그려졌다. 엄마는 친구들에게 타투를 자랑하고 다닌다고 한다. 그러면서도 여전히 언니와 나에게 말한다. “타투 이제 그만 새겨, 좀.”

출생률, 사망률을 관리하는 국가 아래서 몸은 이래저래 감시받고 관리된다. 버림받지 않으려면 건강해야 하고, 표준의

외투를 입고 있어야 한다. 몸무게를 늘리거나 빼고, 통증을 피하거나 숨기면서. 사람들의 고유한 피부색과 밀도만큼이나 다양한 몸들은 사라진다.

내 몸이 정말 내 몸인가. 아무리 저항해도 여전히 몸은 전방위적으로 압박받는 전쟁터다. 타투는 내 몸이 존엄을 외치는 방식이다. 몸을 바라보는 따가운 시선은 규격화되지 않은 몸의 자부심이다. 납작한 표준보다 낙인찍힌 몸이 낫다.

최근에는 귀밑에 작은 아가미를 새겼다. 깊은 물에서 유영하기 위한 준비다. 나와 가까운 사람들의 몸에도 그림이 많아지고 있다. 검은 잉크를 먹은 캔버스 같은 몸들과 거리를 쏘다닌다. 규격화된 몸이 지배하는 거리에 균열을 보태고 싶다. 깨끗한 몸 말고, 더러워서 고유한 몸으로.

나는 아직도
환호성 같은 비명을 지르고 싶다

5년 전 인터넷에서 내 얼굴과 모르는 여성의 알몸이 합성된 사진을 발견했다. 반값등록금 집회에 나갔을 때 찍힌 사진을 누군가 가져가 합성해놓은 것이다. 사진이 올라온 게시글에는 나의 이름과 학교, 사는 곳, 나이와 SNS 주소가 적혀 있었다. 말없이 놀란 눈으로 핸드폰을 바라보는 내게 주변에 함께 있던 친구들이 무슨 일이냐고 물었다. 합성 사진이 올라온 게시물을 보고 친구들은 한동안 아무 말도 하지 않다가 다른 말로 화제를 돌렸다. 너무 충격을 받았던 걸까. 아니면 수치심을 덮어주려는 배려였을까. 친구들의 배려처럼 나는 괜찮다고, 미친 놈들이라고 여겼다. 여성에 대한 성적 조롱은 흔한 문화였으니까.

집회에 함께 나갔던 친구들은 어느 정당 소속의 불온한 대학생으로 매도되었지만, 함께 대응해줄 시민들이 있었다. 하지만 인터넷에서 난도질당하는 성적 수치심은 나만의 것이었다. 차라리 종북 빨갱이라고 하는 게 낫겠다고 생각했다. 누군지도 모르는 사람에게 내 몸은 벗겨지고 난도질당했다. 상상이 되는가. 당신의 얼굴이 성기와 항문을 훤히 드러낸 이미지에 합성되고, 이름, 나이, 학교, 주소까지 모두 밝혀지는 공개처형. 수치스러워서 친구들이 볼까 봐 두려운 그런 이미지가 인터넷에서 손쉽게 검색된다. 이것은 살인이 아닐까.

게시물이 올라온 포털사이트 화면 좌측 아래쪽에 작게 보이는 사이버 신고 버튼을 누르고 신고문을 작성했다. 몇 개월, 몇 년 후에도 달라진 건 없었다. 이후로도 목소리를 낼 때마다, 몸이 드러날수록 성적 조롱거리로 오르내렸다. 길거리에서 퍼포먼스를 하거나 집회에 나가 피켓을 들 때에도 그랬다. 피켓을 들면 언론은 내 몸을 '미소녀' '피켓 시위녀'라고 이름 붙였다. 인터넷 여성혐오 커뮤니티에서는 '나는 창녀다'라는 문구와 내 얼굴이 합성된 사진이 돌아다녔다. '강간하고 싶다, 걸레 같은 년, 불 봉으로 데워줄 거다, 보지에 칼을 쑤시고 흔들어버리고 싶다' 등의 댓글도 달렸다. 외모를 품평하는 게시글과 댓글은 워낙 익숙해서 문제인 줄도 몰랐다.

2년 전부터 모욕적인 댓글을 정식으로 고소하기 시작했다. 더 이상 수치스럽지 않았다. 수치는 내가 아니라 그들의 것이다. 고소된 사람들 중에는 60대 할아버지, 30대 직장인, 고등학생, 재수생도 있었고, 중학생도 있었다. 60대 할아버지는 경찰 조사와 처벌이 끝난 후 내게 메시지를 보냈다. 미안하다며, 이번 기회로 정말 반성하고 있고 다시는 어느 누구에게도 이런 댓글을 달지 않겠다고 했다. 신고를 한 효과일까. 나의 얼굴을 공개하며 성적 조롱을 하는 글은 이제 거의 없다.

나만의 일은 아니었다. 그전에도 그랬던 것처럼 다른 여성의 얼굴이 성적 조롱거리로 게시됐다. 한 사람이 끝나면 또 다른 여성의 실명과 얼굴이 올라왔다. 그런데 인터넷은 조용했다. 그걸 올린 사람은 나쁜 놈, 일베는 원래 그런 놈, '그 여자는 재수 없는 여자'라며 무마됐다. 여성의 가슴 사이즈와 질의 넓이, 쉽니 어렵니, 진도는 어떻니 하는 심심치 않게 들리는 농담쯤이야 저런 미친놈, 하고 넘어가는 일상처럼 말이다.

3년 전, 처음으로 여성을 외모 품평하고 성적 조롱하는 '문화'에 인터넷이 시끄럽게 반응했다. 메갈리아라는 사이트에서 남성의 여성 조롱을 거울처럼 비추는 '미러링'을 사용하면서부터다. 미러링은 '된장녀, 김치녀, 개념녀'처럼 여성을 혐오하는 발언과 성적 대상화, 외모 품평을 당하는 여성들의 일상을 남성들이 역지사지할 수 있게 하는 방식이다. "어때, 입장 바꿔서 이렇게 말하면 기분이 좋겠어? 그러니까 하지 말자고"라고 말하는 것이다. 많은 남성들은 미러링으로 사용된 '한남충'이라는 혐오 발언과 남성의 성기를 조롱하는 것에 분개하며 목소리를 높였고, 더 이상 혐오하지 말자는 말들이 나왔다. 그들의 분노와 행동력이 놀랍고, 부러웠다. 나는 평생 그런 말을 듣고도 그냥 지나칠 만큼 바보였으니까. 몇 년 동안 내가 할 수 있는 건 홈페이지 좌측 아래쪽에 있는 사이버 신고 버튼을 클릭하는 것밖에 없었다. 성적 수치심은 내가 감당할 몫이라고 생각했던 거다. 옛날의 나도 얼굴과 몸이 난도질당하는 사진이 돌아다닐 때 "여성을 혐오하지 마라, 그건 살인이다"라고 당당하게 말할 수 있었다면 어땠을까. 남성을 혐오하지 말라고 말하는 그들처럼 말이다. 그때 난 혼자였는데. 그때는 아무 일 없는 것처럼 세상이 조용했는데.

여성혐오 커뮤니티에는 여전히 여성의 몸을 품평하고 희롱하는 게시글이 계속 올라온다. 조금 변한 것은, 많은 여성들이 침묵으로 대꾸하지 않고 당당하게 그러지 말라고 말하고 있다는 점이다. 거울처럼 비추는 미러링으로 그들을 풍자하기도 하고, 댓글로 논쟁을 하기도 하고, 자신의 고통을 증언하거나 피켓을 들기도 한다.

그땐 나를 도와주지도, 뭐라 하지도 않던 이 세상이 피해자들이 욕지거리를 하니까 봐주기라도 하는 지금 이 상황에 감사하다. 참았던 숨을 뱉을 기회다. 이제 혼자 수치스럽지 않으니까. 케케묵은 독방에서 빠져나왔으니까.

그녀들은 열탕에 있었고, 그는 열탕 바깥에 있었다. 그는 이따금 튀기는 뜨거운 물에 따가워하지만, 그녀는 너무 오랫동안 열탕 속에 있었기 때문에 피부가 뻘겋게 벗겨져도 따가운지 몰랐다. 그녀는 이제야 벗겨진 피부를 보고 뒤늦게 화상을 입고 있다. 무척 따갑지만, 따가움을 느낄 수 있어 감사하다. 다시는 열탕에 들어가지 않으리. 나는 아직도 환호성 같은 비명을 지르고 싶다.

스크린 유령

2년 전 대한민국효녀연합 퍼포먼스 이후 언론에 오르내리고, 여성혐오 커뮤니티에서 내 이름이 자주 등장할 때였다. 인터넷에는 과거 진보정당 활동 사진, 여러 집회에 참여한 사진과 함께 '전문시위꾼, 종북 빨갱이, 간첩'이라는 게시글이 줄줄이 올라왔다. 어버이연합에서는 나를 북한이 배후에 있는 종북 세력이라며 나의 사진으로 피켓을 만들어 '종북 척결' 집회를 열었다.

아빠가 발을 동동 구르며 연락해왔다.

"너 당장 종북 아니라고 사람들에게 말해. 너 종북 아니잖니."

이런 메시지를 보낸 사람도 있었다.

"당신, 정치하려는 건가? 그렇다면 종북이 아니라고 해명해

보게."

얼굴도 본 적 없고 이름도 처음 들어보는 사람이었다. 모르는 사람까지 나에게 종북이 아니라고 해명을 요구하거나, 해명하지 않으면 고립될 거라며 걱정해주었다. 과거 통합진보당이 이른바 '내란음모'죄로 해산되는 과정을 지켜본 나는 한국 사회에서 종북으로 매도되는 게 무시무시한 일이라는 걸 이미 체감했다. 그럼에도 '종북 척결'을 외치는 사람들이 우스웠지만, 나를 걱정해주는 사람들 덕분에 덩달아 나도 불안해지기 시작했다. 정말 사람들이 나를 종북이라고 생각하면 어떡하지?

며칠 후 여성을 대상화하는 것에 문제의식을 느낀 내가 '여성의 외모를 품평하고, ○○녀라고 부르는 것은 여성의 대상화다. 여성혐오를 하지 마라'는 요지의 글들을 SNS에 올리자 한 친구에게 다급하게 메시지가 왔다.

"메갈 옹호하는 거니? 어서 아니라고 말해. 안 그러면 고립될 거야."

친구의 예상은 적중했다. SNS에서 나는 페미니스트인 언니의 의견에 휘둘리는 주체성 부족한 여성, 혹은 동생으로 대상화되었고, '꼴통 페미니스트'라고 비난받기도 했다. '종북'으로 매도될까 봐 불안해하던 마음은 어느새 떠나가고 새로운 불안이 찾아왔다. '꼴통 페미니스트'라는 새로운 스티커가 붙은 것이다.

이상한 일이다. 나는 그대로인데, 내가 무슨 말을 하거나 행동을 하면 자꾸 어떤 스티커가 붙는다. 덕분에 모든 게 말장난 같다고 느꼈다. 이후로도 내가 무슨 글을 쓰거나 퍼포먼스를 하면 사람들은 걱정된다며 내게 연락했다. 해명하지 않으면 세상에서 고립될 거라며.

내가 왜 해명해야 할까. 안 할 거다. 왜 내가 모르는 사람들이 멋대로 붙인 스티커를 떼어내야 하지. 어차피 스크린 속의 스티커일 뿐인걸. 나를 걱정하는 자기 눈에 낀 눈곱이나 떼었으면 좋겠다.

등에 붙은 스티커 ——

나를 걱정하는 사람들이 이해되지 않는 건 아니다. 많은 사람들, 가까운 사람에게도 배척될 수 있는 낙인은 강력하다. 멀쩡한 사람도 두려움에 떨게 한다. 그런 낙인이 우습다는 걸 아는 나 역시 불안했으니까. 부당한 권력자 한 사람에게 미움받는 것은 괜찮지만, 내 옆에 있는 사람들에게 비정상적인 존재로 인식되는 건 무시무시한 공포다. 그래서 많은 사람들이 낙인이라는 스티커 앞에서 주춤한다.

댓글과 게시글을 모아 고소자료를 정리하면서 나를 비난하는 내용을 보는데 참 재밌다. 크게 세 가지 유형이다. 첫째, 알고 보니 종북. 둘째, 알고 보니 메갈. 셋째, 종북도 꼴페미도 아니고 그냥 관심종자. 나에게 붙은 스티커는 '관심종자 메갈 종북'이다. 북한에 종속되어 그들의 사상을 따르거나, 말이 안 통하는 페미니스트, 관심받고 싶어 안달 난 사람이라는 뜻이다.

기존 권력은 딱딱한 질서를 위협하는 물렁물렁한 존재에게 스티커를 붙이면서 질서를 유지한다. 효율적인 통치 방식이다. 간첩으로 몰려서 억울하게 죽고, 종북으로 낙인찍혀 사회적 매장을 당한 사람들은 계속 있어왔다. 사람들은 그들처럼 배척될까 봐 사상의 자유를 외치는 것조차 눈치 보게 된다. 국가보안법이 여전히 존재하는 이유다. 생각의 자유조차 없는 곳에서 무슨 자유, 민주주의라는 간판을 달고 있는 걸까. 독재국가라 하더라도, 애초에 누군가의 생각을 금지할 수 있는 권한이 다른 누구에게 있다고 생각하는 건 일종의 환각幻覺(대응하는 자극·대상이 외계에 없음에도 그것이 실재하는 것처럼 지각되는 표상을 가지는 것 —《두산백과》에서)이다.

페미니스트를 히스테리한 존재로 낙인찍고 배척하던 역사도 길다. 이런 편견이 작동하는 일상에서 사람들은 외모 품평을 당하거나, 여자를 대상화되는 표현 앞에서 불편함을 말하는 것조차 '메갈, 꼴통 페미'처럼 보일까 봐 위축되기도 한다.

나를 걱정하는 사람들의 조언처럼 내가 종북이나 메갈이 아니라고 해명하면 끝나는 문제일까. 내게 붙여지는 스티커를 떼어내면 끝일까. 내가 떼어낸 스티커는 또다시 누군가의 등에 붙여진다. 이미 등에 붙은 스티커에 죽어간, 고립된 사람은 많다. 다수가 배척하는 생각을 하는 사람에 대한 편견은 강력한 낙인이 되어왔다. 편견에 동의하면서 나를 걱정하는 말에 대꾸해줄 수 없는 이유다. 편견과 낙인은 부수라고 있는 거다. 내 등에 스티커가 붙었다면 스티커의 허술함을 폭로할 기회가 생긴 것이기도 하다. 낙인찍힌 존재가 아무렇지도 않은 오늘을 살아내면서 아무렇지도 않게 흥얼거리는 소리는 그 자체로 균열이지 않을까.

카페에 앉아 땅콩 타르트와 커피를 마시면서 글을 쓰고 있다. 지금 내 손톱에 낀 때나, 얼굴에 난 뾰루지 같은 건 스크린에서 보이지 않는다. 이것은 다행이면서도 슬픈 일이다. 움직이고 있는 오늘 내 삶은 네모난 스크린 속에 나타나지 않는다. 대신 그전에 이름 붙여졌던 스티커들이 나를 대신한다. 스크린 속 유령이. 나는 사람인데.

그래서 삶을 쓴다. 삶을 쓰려고 노력하지만, 아무리 써도 자꾸 무엇으로 환원된다. 이성적이지 못하고 상처가 많아서 감정적인 무엇으로 진단된다. 무례한 스티커가 남발한다. 더럽고 위험한 스티커는 끊임없이 만들어진다. 그 대상은 이름만 바꿔서 세상을 유령처럼 떠돌아다닌다. 더는 나와 당신이 그 유령에 놀아나지 않았으면 좋겠다. 유령을 말하지 말고, 당신의 삶을 말해주길. 구체적인 오늘을 나눠주길. 나도 오늘을 말할 테니.

우리는 스크린을 뚫고 만날 수 있을까. 내 글은 당신의 삶에 발 담가볼 수 있을까.

익명의 말들

많은 여성들이 자신의 성폭력 경험을 증언하고 있다. 2018년에는 #METOO 증언이 종교계, 정치계, 예술계, 문학계, 연예계, 스포츠계, 대학, 직장 등에서 계속되고 있다. 많은 피해자들이 익명으로 가해자를 고소하거나 증언했다. 아직 증언하지 못한 나의 경험이 떠오른다. 그들을 직시하며 내 성폭력 피해 경험을 증언하지 못했다. 나를 계속 익명인 채 말하게 하는 재갈은 무엇일까.

나는 '문란한' 여자로 손쉽게 제압당했다. "너, 남자랑 돈 받고 잔다고 사람들한테 말한다?" "너 성노동한다고 인터넷에 올린다?" 오랜 시간 남자들이 나를 협박하며 했던 말이다. 나를 성폭행한 가해자, 성관계 도중 몰래카메라를 찍으려다 실패한 남자, 낙태수술 후 도망친 남자친구가 자신의 가해 사실을 숨기기 위해 손쉽게 휘두르는 무기다. '순수한' 피해자만 인정받는 사회에서 '문란한' 피해자의 말은 얼마나 신뢰를 얻을 수 있을까. 가해자는 나의 '문란한' 품행에 대해 이야기할 것이 뻔하다. 나의 말은 말이 될 수 있을까.

영화 〈대한민국 헌법 제1조〉에 나오는 상황이다. 성판매 여성이 집으로 돌아가는 길에서 강간을 당한다. 경찰은 수사를 시작하다가 그만둔다. 성판매 여성이 고객과 거래를 한 건지 정말 강간을 당한 건지 알 수 없다는 게 이유다. 성폭력도 섹스라고 생각하는 건지, 아니면 성판매 여성이 당하는 성폭력은 자처한 일이라고 생각하는 건지 알 수 없다. 영화 속 상황은 현실이기도 하다. 피해자들의 성폭력 증언 이후에도 가해자의 책임을 묻는 게 아니라 그 여자가 꽃뱀은 아닌지, 원래 '문란한' 여자는 아니었는지 묻는 말들은 흔하다.

성폭력을 당해도 성판매 여성들은 경찰에 신고조차 못한다. 존재가 이미 불법이기 때문이다. 많은 성구매자 남성이 이를 알고 폭력을 휘두른다. 아무도 들어오지 못하는 방에서 매를 맞아도 호소할 곳이 없다. 성노동자가 경찰단속 중 건물에서 투신해 사망하거나, 성구매자에게 당하는 폭행 사건은 언론의 익숙한 보도내용이다.

남성 중심 세계에서 창녀는 가장 천박한 여자 계급이고 타락의 상징이다. 자신의 성을 거래하는 여자는 문란한 윤락행위자가 된다. '문란한' 여자가 "나 역시 성폭력 생존자다"라고 말할 때, 그녀의 말은 말이 될 수 있을까. 그들이 얼굴을 드러내고 "나도 당신과 똑같은 인간이다"라고 말할 때, 당신은 눈을 마주치며 고개를 끄덕여줄 수 있을까. 나에게는 어떨까.

당신을 모험죄로 체포합니다

종종 경찰에게 쫓기는 꿈을 꾼다. 얼마 전에는 경찰 두 명이 집으로 들어와 내 손목에 수갑을 채우면서 말했다.

"당신을 모험 혐의로 체포합니다."
"무슨 죄요?"
"모험죄요."

모험하는 것에 대한 죄라고 한다. 어처구니없지만 그들의 진지한 표정에 압도당해 도망치지 못했다. 꿈에서 깬 후 그게 현실 같아서 웃겼다. 재물손괴든 일반교통방해든, 감히 법을 무시하고 지금을 모험하려는 사람들에게 붙는 죄명이다. 세월호 추모집회에서 행진한 많은 시민들도 나와 같은 일반교통방해 죄명으로 조사를 받았다. 재물손괴는 대통령 풍자 그라피티에 단골로 붙는 죄명이다.

2014년 4월 세월호 참사로 이 세상을 떠나간, 말 없는 사람들의 목소리와 발걸음이 되고 싶었다. 커다란 낚싯대에 노란 천을 가늘게 찢어서 마디마다 매달았다. 어떤 천은 길게, 어떤 천은 짧게. 가늘고 긴 낚싯대를 들고 걸으면 바람에 노란 천이 휘날렸다. 노란 천 사이로 누군가 함께 걷고 있다고 느꼈다. 신발 없이 걸어도 발이 아프지 않았다. 소리가 맑게 울리는 작은 종을 낚싯대 손잡이에 매달았다. 경찰의 진압소리, 구호소리에도 종소리가 묻히지 않았다. 작은 종일 뿐인데. 사랑은 애도일 수밖에 없다고 한 김선우 시인의 시구처럼, 이 걸음도 작은 애도의 퍼포먼스였다. 1만 명이 넘는 시민이 죽어간, 죽어가고 있는 모두를 위해 진혼곡을 함께했다. 2014년부터 2015년까지 한 이 퍼포먼스는 '3천 명과 공모해 도로를 불법 점거'한 일반교통방해죄가 되었다. 경찰은 조사 과정에서 낚싯대가 어느 조직의 깃발이냐고 물었다.

낮에는 거리에 나가 퍼포먼스를 하고 밤에는 그림을 그렸다.

그림은 이미 낙서가 많은 홍대 공사장 가벽에 주로 그렸다. 전시공간과 일상을 나누는 구획을 부수고 싶었다. 'FREEDOM'을 외치는 입술, 박정희 전 대통령 얼굴이 그려진 국정교과서에 물대포를 쏘고 있는 모습, 옆으로 누워 있는 노숙자, 사람들을 감시하는 빅브라더, 시민이 경찰의 눈에 들어간 최루액을 닦아주는 사진을 보고 만든 스텐실 등.

2015년 11월에는 민중총궐기를 앞두고 해외순방을 떠나는 박근혜 전 대통령을 그렸다. 그림 밑에 '사요나라'라고 새겼다. 이상한 일은 이 그림을 그린 다음 날 벌어졌다. 언론에 풍자 그라피티라고 보도된 탓인지, 공사장 가벽의 수많은 그림 중 내 그림만 지워졌다. 경찰은 피해자(한진중공업 공사 관계자)가 신고도 하지 않았는데 그를 찾아가 "미관을 해친다"는 진술을 받고 수사에 착수했다.

스텐실 작업을 할 때 공사장 옆에서 알짱거리던 전 애인의 차량 번호판을 추적했는지 그에게 소환장이 날아왔다. 무서워하는 그를 달랜 후 경찰 조사에 나가 혼자 한 일이라고 진술

했다. 조사가 끝난 후 왜 그림 가지고 이렇게까지 해야 하냐고 물었더니 한 조사관이 말했다. "나는 말단이고, 과장님이 시키고 서장님이 시키고 위에서 관심 있어 하니까 이러는 거 아니겠냐." 그림 주제가 대통령이 아니었다면 수사를 시작했을까.

세월호 추모집회에서 한 퍼포먼스와 위 그라피티 작업으로 여러 차례 경찰, 검찰 조사를 받았다. 2016년 10월 검찰은 1년 6개월을 구형했다. 퍼포먼스를 하고, 공사장 가벽에 그림을 그린 죄다. 재판을 앞두고 문화연대의 도움으로 1만 2천 명이 넘는 시민들이 탄원서를 작성해주었다. 2016년 11월 11일 1심 선고공판에서 재물손괴 무죄, 일반교통방해는 50만 원 벌금으로 감형됐다. 소유자의 재물을 손괴했다고 보기 어렵다는 이유로 재물손괴는 무죄를 받았다. 상식적인 판단이다. 그라피티 건이 무죄가 된 것은 처음이라 중요한 판례로 남을 거라 생각했다.

그러나 1심 판결 후 검찰이 항소를 했고, 2심 선고공판에서 원심의 그라피티 무죄가 다시 유죄로 바뀌었다. 그라피티 건으로 벌금 전과가 있고(상습범이고, 정치적인 주제의 그림이므로) 표현의 자유라 볼 수 없고, 공사장에서 망을 본 공범(전 애인)은 벌금을 냈고, 공사장 가벽의 주인인 한진중공업에서 50여만 원을 들여 내 그림을 지우느라 피해가 발생했고, 늦은 밤 사람들의 눈을 피해 범행을 저질렀다는 게 이유다. 감옥에 가거나 벌금형을 받는 건 괜찮다. 잘못한 게 없으니 후회하지 않는다. 그러나 판결에서 무죄가 선고되지 않으면 비슷한 작업을 하는 다른 이들에게 걸림돌이 될 만한 판례를 남기게 된다. 한 가닥 희망을 붙잡고 민변(민주사회를 위한 변호사 모임)에서 '표현의 자유 기금'을 지원받아 2017년 12월 대법원 상고심을 신청했다.

상고심은 기각되었다. 벌금 150만 원이 확정됐다. 분노가 솟구쳤다. 한국 정말 싫다, 떠나버리고 싶다는 무기력감이 들다가, '내가 왜 떠나지? 떠나더라도 부수고 가야지!' 하는 분노가 올라왔다. 모든 게 웃기기도 했다. 법은 어차피 인간을 담지 못한다. 그런 바보 같은 질서가 내 몸을 구속하거나 감옥에 가둔다 해도 몸의 내부까지 침투할 수는 없다. 그림을 팔고, 시민들이 후원해준 금액으로 벌금을 마련했다. 통지서가 날아오면 벌금을 내야 할 것이다.

되돌아보면 그들의 횡포 덕에 많은 걸 느꼈다. 얼굴도 모르는 사람들이 탄원서를 써주고, 변호해주고, 진심을 적은 편지를 보내주었다. 지난 벌금을 메우러, 아니 죄를 인정하고 싶지 않아서 교도소에서 노역 생활을 하기도 했다. 교도소의 평범한 일상을 발견하고, 모든 곳이 역할극의 장소라는 걸 느낀 소중한 시간이었다.

"어디 여행 가세요?"

마지막 검찰 조사를 받으러 갔을 때 조사관이 배낭을 메고 있는 나를 보고 물었다.

"네. 인도로요."

"부럽네요."

건조한 대답을 듣고 그의 얼굴을 바라보니 반쯤 감긴 눈이다.

조사관은 정해진 질문 순서대로 질문하고, 묵비권을 행사하겠다고 말한 나는 말없이 듣다가 조사가 끝났다. 사무적인 작별인사를 한 후 건물 밖으로 나왔다. 위엄 있게 건축된 검찰청을 꼭대기부터 살펴본다. 저 건물 안에도 나처럼 허술한 사람들이 있는데 저렇게 심각한 척하는구나, 그래야 역할극에 몰입할 수 있으니까. 나도, 그도 역할극을 하고 있다. 그들과 모험하는 이의 차이는 역할극을 하고 있는 걸 아느냐 모르느냐가 아닐까. 역할극이라는 걸 안다면 나의 배역을 바꿀 상상도 하고 대본을 바꿀 모험을 할 수 있을지도 모른다.

"그러게 왜 불법적으로 했어."

어떤 사람들은 내게 묻는다. 나는 왜 꼭 기존 질서를 신경써야 하냐고 묻고 싶다. 합법과 비합법의 경계를 횡단하는 것도 퍼포먼스의 일부다. 이렇게 하는 누군가도 있다, 이렇게 막 표현하는 사람도 있다, 함께 고통받고 분노하는 누군가. 이런 흔적이고 싶었다.

아무리 견고한 벽도 쉬이 유지되지 못하고, 허술한 토대도 쉽게 바뀌지 않는다. 그저 낙서가 범람했으면 좋겠다. 불온한 아우성에 삐뚤빼뚤한 낙서를 보태고 싶다. 우스운 역할극을 배회하고 모험하면서.

예술이 뭐라고 정치가 뭐라고

"그림이 정치적이기 때문에 예술의 표현의 자유로 보기 어렵다." 대통령 풍자 그라피티 건에 대한 판결문의 문장이 찝찝하다. 보편적인 표현의 자유와 예술의 표현의 자유가 따로 있다는 듯 말하는 것도 불편하다. 표현할 수 있는 자유는 예술의 존재 조건이기 전에 모든 숨 쉬는 사람들의 존재 조건이다. (고통스러운 생에서 고통을 표현마저 못 한다면 어떻게 버틸 수 있단 말인가.) 표현의 자유, 사상의 자유, 언론, 집회, 결사의 자유는 예술이라고 구획된 행위와 떼어낼 수 없다.

법원은 예술이 정치의 무풍지대라는 듯 말한다. 정치는 정치인의 분리된 영역이고, 권력다툼의 경기장이라고 생각할지도 모른다. 세월호 추모집회에서도 많이 들은 말이다. '세월호를 정치적으로 이용하지 마라.' 그들이 말하는 맥락에서 정치란 힘을 확대하는 경기장으로서의 정치다. 협소한 국회의 정당정치만이 정치라고 생각하는 것이기도 하다. 다 같이 광장에 모여 하는 애도는 정치적이니까 가족만 순수하게 애도하라는 걸까. 그들의 죽음에 다른 이들은 책임이 없다는 생각일까. 그래서 모르는 사람은 애도할 자격도, 애도할 필요도 없다고 생각할지 모른다.

모두가 연결된 세상에서 어떤 게 정치적이지 않을 수 있을까. 모두가 폭력에 공모해왔고 공모하고 있다. 광장에 나갈 수밖에 없었던 이유다.

예술은 사회현안, 갈등이 있는 사회문제에 개입하면 안 된다고 말하는 사람들도 있다. 언제부터 예술이 세상과 동떨어진 무엇이었을까. 자기 자신이 세상에서 독립된 주체라고 생각하는 자기신화만큼 예술이 세상과 별개의 고차원적인 무엇이라는 인식도 오래된 환상이다.

예술 안에서도 사회적으로 참여하는 예술과 순수한 예술로 분류된다. 순수예술과 참여예술을 나누는 기준도 웃기다. 일상의 서정을 쓰면 순수한 시고, 세상의 부조리에서 느끼는 실감을 쓰면 참여하는 시가 된다는 식이다. 나의 고통과 그리움과 분노와 애틋함과 허무함이 어떻게 세상의 부조리와 분리된 채 존재할 수 있다는 걸까. 종이 위에서는 편리하게 분류할 수 있지만, 감각으로는 분류할 수 없다.

자크 랑시에르는 모든 감각의 분할을 깨는 게 혁명이고 예술의 존재 방식이라고 썼다. 정치와 예술뿐 아니라 다양한 분야를 구획하는 건 인류의 오랜 습관이다. 예술과 정치, 광장과 집 안, 일터와 일상, 전시장과 길거리의 경계도 그렇다. 경계는 사람들의 이름표를 나누고 역할극의 배역을 배정한다. 모든 이름은 역할극의 배역일 뿐이다. 분할된 경계를 부술 필요는 없다. 경계는 원래 없으니까. 그냥 자신의 실감을 따라 걸어 다니면 되지 않을까. 그 어정쩡하고 서툰 걸음걸이가 가공되기 전의 예술이고 날것의 정치가 아닐까. 정치가 뭐라고, 예술이 뭐라고.

모든 사람이 예술가인 세상을 꿈꿨는데 지금은 생각이 다르다. 모두가 아무 이름이 아니어도 되길 바란다. 그래야 아무거나 하거나 아무것도 안 하고 아무 데나 걸어 다니거나 아무 곳도 안 갈 수 있으니까.

독방을 부수며

2016년 10월, 홍대 공사장 가벽에 대통령 풍자 그림을 그리고, 세월호 추모집회에서 퍼포먼스를 한 죄로 검찰이 1년 6개월을 구형했을 때다. 검찰 구형 소식이 기사화된 인터넷 뉴스의 댓글을 봤다. 표현의 자유 침해 논란과 함께 본 사건을 다룬 기사였다. 베스트에 오른 댓글은 이렇다. '양아치도 동네 여자나 애들은 안 건드린다. 검찰은 부끄럽지도 않은가.' '저 어린 여성을 우리가 보호해줘야 합니다.' 분명 응원해주는 건 고마운데 마음이 서늘해졌다. 2015년 4월 세월호 추모집회에서 연행되었을 때가 떠올랐다. 나는 경찰들의 방패막 사이에 끼어 있다가 얼떨결에 연행됐다. 경찰의 무리한 진압으로 많은 부상자가 생긴 날이다. 연행 후 조사 과정에서 경찰은 내게 지시를 받은 사실이 있는지 물었다. 폭력적인 연행에 항의하러 찾아온 친구에게 경찰은 이렇게 말했다고 한다. "저 여자애가 뭘 알고 나왔겠냐." 경찰이 내 배후를 묻는 근거이기도 하다. '여자애가 뭘 알아서 나왔을 리가 없으니, 누군가의 말에 주입됐거나 지시를 받아서 하는 행위일 거다'라는 생각과 '여자애를 건드리는 경찰과 검찰은 부끄러운 줄 알라'는 생각은 얼마나 다를까.

법정에 서게 되었는데 평가받는 건 내 외모고, 가십이 되는 건 나의 여성성이다. 예술 작업을 하고 집회에 나가고 법정에서도 여자로 호명된다. 목소리를 내는 여자는 칭찬받고 싶고 인정받고 싶은 (사랑에 목마른) '관심종자'로 읽힌다. 왜 어떤 행위를 해도 여자가 될까. 박근혜 전 대통령의 탄핵을 앞두고 시민들이 모인 촛불집회에서는 내내 이런 욕설이 들린다. "미친년들, 무당년들." '나보다 못한' '미친' '여자'들에게 당했다는 노여움이다.

밤보다 촛불이 어둡게 흔들린다. 선고공판을 한 달 남긴 어

느 날 새벽, 메일함을 열어봤다. 대학교수의 성폭행을 고발한, 그러나 몇 년째 법정 싸움 중인 A씨에게 메일이 와 있었다. "성폭행 가해자에게 구형하는 일은 이렇게 어려운데, 승희 씨에게는 이렇게 쉽게 징역을 구형할 수 있다니; 이럼에도 돌아가는 나라가 참 우습네요."

우습다. 그녀는 피해자임에도 고립된다. 성폭행 피해경험을 증언했지만 학교를 그만두고 한국 땅을 떠난 건 가해남성이 아니라 그녀다. 피해를 증언한 그녀는 가십으로 오르내리고, 도리어 협박을 당하기도 했다. 문단, 예술계 성폭력 피해자들의 증언이 이어지고, 가해자는 '미안해요'라는 사과문만 올리고 말을 마친다. 직장 내에서 성폭행을 당한 여자가 피해 사실을 증언했을 땐 그녀가 그럴 만한 여자라는 서사가 붙는다. 이상하다. 그녀들은 피해자임에도 독방에 있다.

나 역시 아주 큰 감옥 속, 독방에 갇혀 있었다. 오랫동안 갇혀 있어서 이곳이 독방인 줄도 몰랐다. 내가 존재하던 모든 곳에 폭력의 흔적이 있다. 적은 부패한 정권 하나가 아니다. 삶을 가두는 모든 독방이다. 보편적인 독방. 여자라는 독방.

여자교도소에서

프롤로그: 감옥 안에서 ——

대통령 풍자 그라피티 건으로 벌금이 밀려 통장이 압류되고 지명수배자가 되었다고 경찰에게 전화가 왔다. 벌금을 인정하고 싶지 않아서 2016년과 2017년에 각각 한 번씩 교도소에서 수용 생활을 했다. 2, 3일간이었지만 내게는 강렬한 기억으로 남아 있다. 재소자들과 혼방을 쓰기도 했고, 독방을 쓰기도 했다.

"따뜻한 집이 없는 이에게 감옥은 두려운 곳이 아니다. 감옥은 돌아갈 집이 이미 항상 있(다고 생각하)는 사람들에게만 형벌"이라는 미학자 양효실의 말처럼 모든 곳은 이미 타향이다. 마땅한 집 없이 고시원, 게스트하우스, 친구 집을 전전하던 내게 감옥은 잠시 머무는 또 다른 고시원처럼 다가왔다. 행동은 자유롭지 못해도 입을 옷과 세끼 밥을 지원해주는 고시원.

거대한 감옥 ——

노역장에 대한 애기는 많이 들었다. 일반 징역수와 다른 건물에서 노역수끼리 노역을 한다고 들었기에, 부담 없이 교도소 대문 앞에 섰다. 몇 개의 대문과 몇 개의 철문을 지나, 주민등록증을 대조하고 지문을 찍는 사무실에 들어갔다. 교도관이 들어왔다. 그녀에게 물었다.

"노역자는 일반 교도소 건물과 다른 곳에 있나요?"

내 애기를 못 들었는지, 아니면 일부러 대꾸를 하지 않는 건지 대답이 없었다. 곧이어 교도소 소장으로 보이는 사람이 들어와 내 앞에 섰다. 책상을 양손 끝으로 짚으며 물었다.

"여기 왜 왔어요?"

목소리가 너무 커서 깜짝 놀랐다.

"노역하러요."

"주민번호 대봐요!"

"이름!"

큰 목소리에 놀라며 대답하던 중 깨달았다. 교도관이 내 말에 대꾸를 하지 않은 것도, 교도소 소장으로 보이는 사람이 들어와 큰 소리로 호통치듯 말을 건 것도 여기는 교도소고, 반항할 생각은 말라는 의미였다.

맑은 얼굴, 바른 생각 ——

여자교도소로 이동했다. 밤이었지만 형체가 선명하게 보였다. 남자교도소는 연한 파란색 대문, 여자교도소는 분홍색 대문이다. 대문은 내 키의 몇 배는 높고 넓었다. 나는 개미만큼 작았다.

여자교도소의 커다란 대문이 열리자 멀지 않은 거리에 수용소 건물이 보였다. 1층짜리 벽돌건물은 얼핏 보면 유치원, 동물원 같았다. 아담한 분홍색 벽과 지붕 밑으로 '맑은 얼굴, 바른 생각'이라고 쓴 간판이 붙어 있었다. 초등학교 교실에 걸려 있을 법한 급훈 같다. 가까이 가자 흰색 창틀마다 굵고 녹슨 쇠창살이 보였다. 쇠창살 사이사이에는 넝쿨 풀잎이 아무렇게나 엉켜 있었다. 꼭 이런 학교 건물이 답답해서 고등학교에 다니지 않은 내가 여기서 버틸 수 있을까. 교도관은 내 왼쪽 팔을 잡고 '맑은 얼굴, 바른 생각' 안으로 데리고 갔다.

"다리 꼬지 마" ——

11월 중순, 추운 밤공기가 건물 안에 그대로 스며들어 있었다. 건물에 들어가면 바로 오른쪽에 교도관 사무실이 있었다.

"저기 앉아."

교도관이 말했다.

사무실 책상 앞에 놓인 등받이 없는 동그란 의자에 앉았다. 사무실에는 두 명의 교도관이 있었다. 한 명은 나를 데려온 교도관, 한 명은 그곳을 관리하는 것 같은 교도관이다. 한 사람이 내 옆에 앉아 인적사항을 묻기 시작한다. 어디에 사는지, 무엇을 하는지, 최종 학력과 가족관계, 부모님의 이름과 직업과 나이, 형제자매의 이름과 직업과 나이, 몸에 상처는 없는지, 건강은 어떤지, 문신한 곳이 있는지, 가지고 들어온 돈은 없는지 등. 질문에 대답하는 나의 말을 빼곡하게 서류에 작성했다. 돈과 카드는 따로 보관하고, 보관한 봉투 모서리마다 지문을 찍었다. 서류 작성이 끝난 후 나의 사건기록이 적힌 종이를 읽으면서 물었다.

"벌금 20만 원인데 그냥 내지 왜 들어왔어요? 아아. 스스로가 정당하다고 생각해서 온 거군요."

대답하려고 하는데 또 다른 교도관이 내 허벅지를 툭툭 치면서 말했다.

"다리 꼬지 마."

반말, 게다가 다리를 꼬는 것도 하지 말라니. 그렇게까지 해야 하냐고 말하고 싶었지만 따라주는 게 여러모로 편안할 거라 생각했다. 오른쪽 다리를 내리고 반항의 의미로 다리를 힘껏 벌리고 앉았다. 교도관이 이어서 말했다.

"이렇게 늦은 시간에 귀찮게 왜 여기 오는 거야. 20만 원이면 하루 10만 원씩 해서 내일 새벽에 나가겠네. 너 하고 있는 귀걸이나 팔찌 같은 거 다 빼."

주렁주렁 매달고 있던 목걸이, 팔찌와 반지를 모두 뺐다. 인도에서 차고 온, 한번 빼면 다시는 차지 못하는, 실로 꼬아 만든 팔찌와 피어싱도 뺐다. 액세서리를 종이봉투에 넣고 지문을 찍었다. 교도관이 투명한 유리로 된 방으로 나를 불렀다. 블라인드를 치고 말했다.

"여기서 사진 찍을 거야. 앞으로 서고, 옆으로도 한 번 서고."

얼굴 사진이 찍혔다.

"잠깐 기다려봐, 옷 벗고 있어."

"속옷도요?"

"어. 속옷도. 몸에 상처 있는지 다 확인해봐야 돼."

"상처 없는데요."

"그래도 해야 돼."

속옷까지 벗고 교도관 앞에서 오른쪽으로 한 바퀴, 왼쪽으로 한 바퀴를 돌았다.

곧이어 커다란 군복색 자루를 내 앞에 내밀었다.

"이걸로 다 갈아입어."

자루 안에는 흰색 고무신, 회색 양말, 하늘색 팬티와 러닝셔츠와 내복과 푸른 소다색 교도복이 있다. 내가 지금 뭐 하는 건가. 갑옷을 두르듯 순서대로 내복과 외투까지 겹겹이 몸에 걸치고 흰색 고무신을 신었다. 내가 지금 뭐 하는 건가.

"머리가 왜 이리 치렁치렁하니. 머리 좀 묶고."

교도관은 머리 끈, 아니 노란색 고무줄을 던지다시피 건네주었다. "머리가 왜 이리 치렁치렁하니"라는 말. 13년 전 복도에서 지나가던 중학교 선생님에게 들은 말이다. 그 선생님은 가던 길을 돌아와 내 오른쪽 머리카락을 움켜쥐고 들고 있던 가위로 머리카락을 잘라낸 후 말했다. "이만큼 다른 쪽도 잘라와. 머리가 왜 이리 치렁치렁해."

교도관이 건네준 노란색 고무줄로 머리를 묶는 동안 거울을 보는데, 눈 밑 다크서클이 광대까지 내려온 것 같았다. 여기저기를 두드려 맞은 느낌이다. 인간 동물이 아니라 동물원에 있는 비인간 동물, 원숭이가 된 것 같았다. 이제 곧 철창에 들어가 그들의 명령을 기다리며 하루를 보내야겠지. 동물원과 학교와 군대, 교도소는 비슷하다. 정상에 못 미치는 열등하다고 판단되는 존재를 교화하고 훈육하고 훈련하기 위해 가두어놓고 밥을 주고 기존 질서를 지키는 방법, 순응하고 굴종하는 방법을 가르치는 곳이다. 사람마다 질서가 다르게 적용되는 것도 비슷하다. 언젠가 어떤 재벌이 천문학적인 벌금 때문에 노역장에 들어왔을 때, 5만 원을 일당으로 쳐주던 교도소가 하루에 1억으로 기준을 바꾸면서 일당이 10만 원으로 올랐다. 그에게 고마워해야 하는 건지. 덕분에 20만 원 벌금으로 들어온 나는 이틀만 있으면 된다. 내가 절차를 거쳐 입소를 완료한 시간은 밤 11시, 출소할 시간은 다음 날 새벽 5시경이다. 하루만 잠을 자다가 나가면 된다.

교도관은 투명한 리빙박스와 군용 담요 같은 재질의 하늘색 담요, 스펀지 베개를 주었다. 두 손으로 그것을 들었다.

"이리 나와."

교도관이 내가 하루 묵을 방을 안내했다. 긴 복도 왼쪽에는 독방(혼자 쓰는 방)이, 오른쪽에는 혼방(여럿이 쓰는 방)이 있었다. 1번, 2번, 3번을 지나 하늘색 철문이 열렸다. 내가 있을 곳은 7번 독방이다.

죄수번호 49번 ——

독방으로 안내한 교도관이 내게 말했다.

"번호는 49번이에요. 49번 하면 대답해요."

내 죄수번호는 49번이다. 이곳에서 불리는 나의 이름이다. 49는 내가 좋아하는 숫자다. 주역에서 49번은 택화혁 괘로, 혁명을 뜻한다. 또 49일은 불교에서 사람이 죽은 후 영혼이 일곱 번의 7일 동안 심판을 받고, 마지막 49일째에 염라대왕에게 마지막 심판을 받는 날이다. 그 후 지옥에 갈지 극락에 갈지 결정된다고 한다. 죽은 지 49일이 되면 산 자가 죽은 자를 기리며 49제, 위령제를 연다.

교도관이 문 밑에 달린 개구멍만 한 통로로 저녁 먹으라며 도시락통을 넣었다. 도시락통을 열어보니 콩밥과 김치찌개가 들어 있었다. 정말 교도소에서는 콩밥을 먹는구나. 채식을 하는 나는 단백질이 많은 콩을 좋아한다. 오랜만에 보는 콩밥을 맛있게 먹었다. 도시락통을 깨끗하게 비운 후 한쪽 구석에 밀어 넣었다.

교도관이 준 리빙박스를 열어봤다. 박스 안에는 새 비누와 새 칫솔, 새 치약, 수건 두 장과 연두색 플라스틱 수저가 들어 있었다. 2평 남짓한 독방은 흰 형광등 불빛으로 환했다. 화장실도 딸려 있다. 유치장 화장실이 그랬듯, 허리춤 밑으로는 불투명한 창이고 그 위로는 투명한 창이다. 감독관은 화장실 안에 있는 죄수들까지 볼 수 있다. 높은 세면대는 없고 대신 낮게 설치된 수도꼭지와 진갈색 대야가 있었다. 찬물만 나오는 수도꼭지 한 개뿐이다. 휴지도 있다. 자세히 보니 휴지에 문양이 있는 것 같아 변기에 앉아 휴지를 뜯어봤다. 휴지에는 영어 단어와 한자가 차례로 인쇄되어 있다. 그림과 함께. 이곳에서 영어, 한자 공부를 하라고 이런 휴지를 비치했나 보다. 연한 하늘색으로 희미하게 인쇄된 글자를 들여다봤다. 한자는 '복 복福', 영어 단어는 '문어Octopus'. 복과 문어. 배열된 단어에 연관성은 없어 보였다.

화장실에서 나와 바닥에 앉았다. 바닥은 따뜻했다. 노란색 바닥, 흰색 벽지. 모든 게 단순하고 경제적인 배열이다. 직사각형 교도소 건물 안 직사각형 방에 직사각형 담요를 깔았다. 모든 딱딱하고 견고한 것들은 사각형이다. 달팽이처럼 담요 위에 축 늘어졌다. 입소한 지 이제 겨우 1시간 되었는데 기운이 빠진 것 같았다. 잠시 찜질방에 온 거다. 그렇게 생각하자. 곧 교도관이 오더니 취침 시간이라고 한다. 새 칫솔로 새 치약을 짜고, 찬물로 이를 헹궜다. 이가 시리다. 이곳에 있는 사람들은 매일 이렇게 찬물로 이를 헹구겠지. 나중에 알게 되었지만 따뜻한 물은 매일 각 방에 하나씩 페트병에 담아서 준다.

담요를 펼치니 방 안이 가득 찼다. 자려고 누웠지만 잠이 오지 않았다. 낯선 환경에서도 곧잘 잠들지만 이곳은 너무 낯설었다. 게다가 형광등의 빛이 너무 환했다. 주변을 둘러보았다.

이런저런 안내문이 보였다. 수용소 생활규칙이라고 쓰여 있다. '밝고 명랑하게 인사하기' '교도관 말을 잘 듣기'.

생활규칙을 읽는데 복도에서 여자수용자와 교도관이 실랑이하는 소리가 들렸다.

"아이, 교도관님. 저 목욕한 지 얼마 안 됐잖아요."

중년 여성의 목소리다.

"안 돼. 들어가요, 어서."

교도관은 그녀를 방 안으로 밀어 넣으려는 것 같았다. 문 쪽을 바라봤다. 독방 문에는 식판이 왔다 갔다 할 수 있는 개구멍만 한 통로와 위쪽으로 A4 용지보다 작은 철장 창문이 뚫려 있는데, 그 창문에서 보는 각도에 따라 내 방 바로 건너편인 3번과 4번 방에 수용된 사람들의 모습이 보였다. 수용된 사람들은 신입이 궁금한 눈치인지 나를 보기 위해 창문에 몰려와 있었다. 몇몇 수용자와 눈이 마주쳤다. 모두 40~60대 같아 보였다. 똑같은 옷을 입고 있어서일까, 평범해 보이는 인상과 표정이었다. 눈을 피하지 않고 나를 끈질기게 쳐다보는 시선이 부담스러워서 그들과 눈이 마주치지 않는 각도의 자리에 비스듬히 앉았다.

수용소 생활규칙을 마저 읽었다. 생활규칙 안내문에는 인권침해 사건 발생 시 인권위에 진정서를 제출할 수 있다는 내용도 있었다. 교도관에게 알몸을 보여줘야 하고 그들의 반말과 시비조의 말투를 고분고분 들어줘야 하는 것은 인권침해라는 거창한 말과 왠지 어울리지 않아 보였다. 빈정 상하고 수치스러워도 그들의 그런 태도를 역할극이라고 인정해주고, 따라주어야 하는 걸까 생각했다.

수용자를 관리하는 측은 '이곳에 들어오면 이런 취급을 받는 거야, 그러니 조심해'라고 다른 사회 구성원에게 경고하기 위해 그렇게 말하고 행동한다. 그런데 그들이 수행하는 역할극 자체가 폭력적이라면 어떻게 해야 할까. 나를 위축시켜서 그들이 통제하기 쉬운 사물로 만들려는 행동이라면, 그게 교도소 질서 유지를 위해 어쩔 수 없는 일이라 해도 정당화될 수 있는 걸까. 그 역할극은 폭력이 아닌가. 만약 그렇다면 어디까지 저항해야 하는 걸까. 그리고 어떻게 저항해야 할까 생각했다. 오랜 고민이다. 중학교 복도에서 머리카락이 잘렸을 때에도, 대학교에서 대자보를 붙이는데 규칙이라며 교직원에게 내용을 검사받고 도장을 받아야 했을 때에도, 법정과 경찰서 유치장에 갇혀 핸드폰을 검열당할 때에도, 집회를 하러 나간 광장에서 차벽이 빽빽하게 사람들을 고립시키고 있는 상황에서도, 가부장 아빠의 언어폭력이 지배하던 나의 원가족 안에서도, 비정규직으로 일했던 어린이집과 특수교실에서도 맴돌았던 고민.

사회와 전체가 그렇듯 교도소에서도 역할극을 한다. 특별히 다를 것 없는 인간끼리 관리자와 대표자와 수용자라고 이름표를 붙이고 몰입해서 행위한다. 갈등이 없으려면 고분고분 따르는 것이 나을 수도 있다. 그러나 복종의 역할을 한다고 마음이 편한 것도 아니다. 갈등은 아직 오지 않은 예외상황이 아니라 언제나 내 몸에서 부글부글 끓는 부조리다. 여전히 복종도 저항의 연기도 참을 수 없이 서툴다. 학교에서부터 복종하는 역할에 길들여진 대부분의 사람들은 유능한 연기자가 된다. 그렇다면 "이건 아닌 것 같습니다"라고 정중하게 말하는 것은 먹힐까. 아니면, 꾹꾹 기억하고 저장해두었다가 '합법'적인 방법으로 저항하는 것은 어떨까. 여기 재소자의 생활규칙 마지막에 적힌 인권위에 진정서를 제출하는 방식 같은 것 말이다. 이런 방식은 간지럽다. 결국 그들의 언어로 나의 이유를 설득

해야 하는 거니까.

이런저런 저항을 궁리하는 내게 그들은 이렇게 말할 것이다. '원래 교도소라는 것이 그런 건데 어쩌겠나. 그럼 감옥을 없애자는 건가. 그러니까 죄를 짓지 말았어야지.' 그럼에도 눈앞에 닥치는 작은 폭력에 저항한 사람들 덕분에 학교와 감옥에서 잔혹한 체벌이 줄어들고, 처우가 아주 조금은 나아지진 않았나. 아니면 그 모든 곳을 탈주하는 게 최선일까. 탈주하면 갈등은 없을 거다. 혹은 균열을 남길 수도 있을 거다.

감시하는 눈 ——

벽에 붙은 생활규칙에는 '교도관의 허락 없이 교도복을 벗는 행위'를 금하고 있다. 더워도 옷을 벗을 수 없다. 겹겹이 입은 옷은 단지 보온을 위해서가 아니라 나의 신체와 신체적 개성을 차단하는 장치다. 작은 노출도 규칙 위반이다.

12시쯤 지났을까. 잠을 자려고 눈을 감아도 잠이 오지 않았다. 교도관은 나를 포함한 재소자들의 방을 쇠창살 틈새의 창문으로 들여다보면서 복도를 걸어 다녔다. 12시쯤 지났을까. 잠을 자려고 눈을 감아도 역시 잠이 오지 않았다. 일어나 몸을 움직이면 교도관이 나에게 취침 시간이니 누우라고 말할 것이다. 화장실 쪽에 머리를 두고 가운데에 누워 있어야 한다. 교도관의 눈에 내가 잠든 모습이 보여야 하기 때문이다. 잠들 수도, 일어설 수도, 춤추거나 노래하거나 좁은 방 안을 걸어 다닐 수도 없는 나는 멀뚱하게 누워서 텅 빈 공간을 봤다. 좀이 쑤신다. 푸코가 말한 것처럼 "누군가 날 속속들이 보고 있는데, 난 날 보는 사람이 누구인지 모른다. 누군가 날 본다는 생각 때문에 어떤 행동을 해야 하는지 끊임없이 생각해야 하는 고통"이다.

독방에는 박스 위에 판자를 올려놓은 책상 겸 식탁이 있다. 식탁 위에는 성폭력 방지 대책을 인쇄한 A4 용지가 투명테이프로 붙어 있다. '저희 여자교도소에서는 성폭력 방지를 위해 최선을 다하고 있습니다.' 몇 개 조항이 나와 있다. '불쾌한 접촉이 있을 때엔 싫다고 말해야' 하며, '교도관에게 바로 말하라'는 내용의 조항이다. 여느 성폭력 대책이 그렇듯, 이곳에서도 피해자에게 조심하라고 경고하는 게 예방의 전부다.

여자들끼리 성폭력? 가능하다. 성폭력은 섹스가 아니라 말

그대로 폭력이다. 권력이 폭력적으로 작동될 때 누구에게나 언제 어디서나 일어날 수 있는 일이다. 언젠가 여자교도소에 대한 만화책을 읽은 적이 있다. 만화책에서는 힘 있는 여자재소자가 신입 재소자에게 자신의 성기를 핥으라고 명령하는 장면이 나온다. 여자가 잘 때 성기에 방망이를 넣기도 한다. 여자교도소의 일상을 선정적으로 그린 만화책을 보면서 교도소가 정말 그런 곳일까 두렵기도 했다. 그러나 내가 상상하던 것과 다르게 나와 눈이 마주친 재소자들은 거리와 학교, 시장에서 마주치는 평범한 사람들의 얼굴과 특별히 다를 것이 없어 보인다. 물론 만화책에 나오는 성폭력이 발생할 수 있을 만큼 폭력의 언어가 24시간 가동되는 곳이 교도소이기도 하다. 원래 험상궂은 범죄자가 모여 있는 곳이라서 더 그런 게 아니다. 인간을 수용하는 좁은 공간은 개개인의 억압된 에너지를 폭력적으로 해소하도록 돕는다. 억압적인 학교에서 수용자(학생)들끼리 아웅다웅 하루 8시간 동안 부대끼면서 발생하는 학교폭력처럼 말이다.

이런저런 생각이 꼬리를 물고 늘어진다. 이곳에서 내 이름은 49번이다. 49를 생각하면서 눈을 감는다. 저항의 방법보다 중요한 건 모든 게 역할극이라는 걸 잊지 않는 거다. 특권과 차별과 특별함과 비참함에 속지 않는 일이다.

역할극의 완성 ——

"49번."

나를 부르는 소리에 눈을 떴다. 문이 열리고, 교도관이 다음 날 출소할 때 데리러 올 보호자의 연락처를 알려달라고 했다. 언니의 전화번호를 천천히 불러줬다. 교도관은 다시 돌아와서 말한다.

"보호자가 연락이 안 되니까 날이 밝고 5시 반쯤 출소한다."

출소할 때 신원이 확인된 보호자와 연락이 되지 않으면 남자재소자가 모두 출소한 후에 나가도록 해준다. 교도관이 가고, 환하던 형광등이 희끄무레해진다. 다시 자라는 뜻이다.

위잉 하는 사이렌 경보음이 길게 울렸다. 영화에서 들은 그 사이렌 소리다. 교도소 전체에 울리는 소리 같다. 불이 난 걸까. 무거운 사이렌 소리에도 아무런 미동이 없었다. 굵은 사이렌 소리가 지나고 다시 적막이 찾아왔다. 화장실 위로 뚫린 작은 창문을 쳐다봤다. 아직 하늘이 짙다. 차가운 밤공기가 화장실 문틈으로 새어 들어왔다. 공기를 들이마시며 따뜻한 바닥에 달라붙어 눈을 감았다. 명상이나 해야지. 그러다 보면 잠이 들겠지. 이런 공간을 뒤로하고 잠이 드는 건 좋은 일이다. 일단 잠이 들면 그곳이 어디든 꿈의 세계에서는 자유로울 수 있다.

꿈을 꾸다가 깼는데 무슨 꿈인지 기억나지 않는다. 몸에 식은땀이 배어 있었다. 얼마나 잤는지 시계가 없어서 알 수 없었다. 가슴이 답답했다. 낯선 공간, 낯선 시간 속에 갇혀 있는 느낌이었다. 목이 마르다. 방 안에 따로 먹는 물은 없다. 문 바로 옆에는 네모난 회색 테두리 안에 교도관을 호출할 수 있는 동그란 버튼이 설치되어 있었다. 회색 버튼은 '꼭 필요할 때만 눌러라'라고 경고하는 것 같다. 식당이나 호텔의 호출 버튼과는 다른 아우라다. 이 새벽에 교도관을 불러서 물을 가져다 달라고 하면 얼마나 비아냥거릴까. 혼날지도 모른다. 마침 두꺼운 독방 문을 여는 소리가 들렸다.

"턱!"

"49번, 짐 챙겨서 나와."

담요를 반듯하게 접고 하나 있는 박스를 다시 각진 구석에 밀어 넣었다. 받았던 생활용품을 리빙박스에 차곡차곡 담아

두 손으로 들고 복도로 나왔다. 복도 신발장에 넣어둔 흰색 고무신을 신고 교도관을 따라 뒤뚱뒤뚱 걷는다. 해방이다. 나가서 뭐 하지. 노래방 가서 소리 지르고 싶다고 생각한다. 출소할 때 있던 교도관 두 명 중 관리인 같아 보이던 한 명은 퇴근했는지 사라지고 없고, 한 명만 사무실에 남아 있다. 사무실 창문에서 빛이 들어오지 않는다. 해가 뜨지 않은 어두운 새벽이다.

교도관이 나의 주머니를 뒤졌다. 소지품 검사가 끝난 후 교도관이 말한다.

"이제 옷 갈아입으세요."

옷과 신발을 담아둔 군복색 자루를 들고 옷을 갈아입는 곳으로 갔다. 이번에는 교도관이 함께 들어오거나 탈의하는 모습을 보지 않는다. 달라진 말투와 존댓말에 이어 교도관의 낯선 행동이 계속됐다. 옷을 다 입자 교도관은 액세서리를 주고 보관한 핸드폰과 카드를 건넸다.

"수고했어요."

수고했어'요'라니. 부스스한 머리카락을 손가락으로 빗고 있자 빗을 가져다준다. 빗으로 머리를 빗고, 입소하기 전 입은 외투를 입고 목깃을 여몄다. 인도에서 가져온 팔찌와 목걸이, 귀걸이도 다시 착용했다. 조금 높은 구두를 다시 신었다. 나의 색깔, 옷, 외피를 입으니 갑옷을 두른 느낌이었다.

"교통비 없죠?"

교도관은 교통비로 주는 것이라며 봉투를 건네주었다. 입소할 때 옆에서 "왜 귀찮게 지금 입소하냐, 그냥 돈 좀 내지" 하며 짜증을 부리던 과장이 전해달라고 했단다. 봉투 겉면에는 "기운 잃지 말고 앞으로도 좋은 일 해주세요"라고 쓰여 있었다. 교도관이 안내하는 대로 건물을 나와 분홍색 교도소 대문 앞에 섰다. 이번에는 팔을 붙잡고 끌고 가지 않는다. 교도관이 나가는 내게 인사했다. "안녕히 가세요." 교도관이 나가는 내게 인사했다.

그들은 수용자에게 같은 방식으로 행동했을 것이다. 반말로 이것저것 명령하고, 다리를 꼬지 말라며 허벅지를 툭툭 치면서. 어쩔 수 없이 그렇게 해야 된다고 생각하는 것이다. 나갈 때가 되면 존대를 하고, 빗을 가져다준다. 이곳에 들어오지 말라는, 다시는 죄를 짓지 말라는 뜻이다. 사회에 나가 사회인 대접을 받으면서 살라는 역할극의 마무리 의례다. 역할극의 완성. 그들이 수행하는 역할극 안에서 한껏 놀아난 느낌에 기분이 묘했다.

출소절차도 입소절차처럼 복잡했다. 보관해둔 귀중품을 찾고 노역을 완료했다는 확인증도 주었다. 여자, 남자수용소 모두를 관리하는 것 같은 교도소 사무실에서 남자교도관이 내게 물었다.

"인권침해 사례는 없었나요?"

2초간 뭐라고 대답해야 할지 몰라 머뭇거렸다.

"없어요."

"교도관이 반말을 쓰면서 알몸을 보여달라고 했어요. 다리도 꼬지 못하게 했어요"라고 말하는 게 무슨 소용인가 싶었다. 그가 허허 웃으며 "교도소는 원래 그렇게 하는 곳이에요"라고 대꾸할 것 같다. 그보다 어서 빨리 이 공간을 벗어나고 싶었다. 서둘러 나머지 짐을 챙겼다.

대문과 중간 문을 지키는 남자교도관의 안내로 문을 지나 문을 지나 문을 지나 문. 문을 열고 걸을 때마다 구두 소리가 적막한 건물 사이에서 또각또각 울렸다. 몇 개의 문을 통과해 교도소 입구로 돌아왔다. 높은 울타리에서 조금 더 걸어 나가니 커다란 나무가 있었다. 오랫동안 거기에 있던 것처럼 보이는 오래된 나무다. 나무 아래에서 넓고 낮은 교도소를 돌아봤다. 여자수용소는 교도소 입구에서 지붕도 보이지 않았다. 이곳에서는 아무 소리도 들리지 않았다. 없는 세계인 것처럼.

감옥이 따로 있는 건 이 사회 전체가 감옥이라는 걸 은폐하기 위해서라고 장 보드리야르는 말했다. 발 딛고 있는 교도소 바깥에서도 어떤 역할극을 계속 수행 중이다. 역할극 속 역할극 속 역할극 속 역할극. 끝나지 않는 생의 역할극. 빽빽한 적막이 걸음을 옮기라고 압박한다. 아침이 밝아오기 2시간 전이다. 아직 차가운 새벽 공기를 깊이 들이마셨다.

모욕의 경기장, 서툰 연기자 ——

교도소에서 나온 후 집으로 돌아가 정오가 될 때까지 일기를 썼다. "인권침해 사례는 없었냐"는 질문에 "없다"고 대답한 게 마음에 걸렸다. 왜 없다고 말했을까. 여자교도관의 달라진 태도가 마음에 걸려서 그랬을까. 교도소는 '원래' 그런 곳이라고 생각하기도 했다. 이후에도 종종 고민이 올라왔다. 나는 교도소 안에서 어떻게 행동해야 했을까.

며칠 후 마이너리티 세미나에서 《사람, 장소, 환대》를 읽었다. 교도소에서 재소자의 인격을 어떻게 부정하는지 언급한 문장이 들어왔다.

> 입소의 형식적 절차들—사진 찍기, 지문 채취, 번호 부여, 소지품 검사, 옷 벗기, 몸무게 측정, 목욕, 소독, 머리 깎기, 재복의 지급, 규칙의 전달, 위치 배정—은 그 자체가 굴욕과 박탈을 초래한다. … "입소자가 동질화, 평준화되고 하나의 대상으로 변형되어 시설이라는 기계에 실릴 수 있게" 되는 것은 이러한 과정을 거쳐서이다.
>
> _김현경, 《사람, 장소, 환대》에서

내가 겪은 일은 매뉴얼이었다. 반말, 비아냥거림, 사소한 말투와 억양은 공식적인 매뉴얼로 공유되진 않아도 재소자의 인격을 제거하기 위해 내려져오는 오랜 비법이다.

> 모욕당하는 자가 모욕에 동의하는 순간, 모욕은 더 이상 모욕이 아니다. 그것은 의례의 일부이며, 질서의 일부이다. 결국 모욕은 자신의 본질을 부정하는 것을 최종적인 목표로 삼는 폭력이다.
>
> _같은 책에서

그들은 나를 사람으로 취급하지 않았고, 나는 모욕적인 말과 행위에 저항하지 않았다. 나를 힘들게 한 건 그들이 내게 가한 모욕이 아니라, 그 모욕 앞에서 찍소리 내지 않은 나에 대한 굴욕감이다. 그들의 모욕을 받아들인 순간 나는 모욕에 동참했다. 거대한 폭력에 저항하는 건 상대적으로 쉬운 일일 수 있다. '폭력'이라고 사회적으로 정의된 거대한 것 앞에서는 그렇다. 그러나 바로 내 앞에 있는 사람이 나를 모욕할 때, 나를 인간으로 취급하지 않는 폭력을 저지를 때 찍소리 내는 건 어렵다. 나는 그랬다.

처음 모욕으로 떠올릴 만한 기억은 초등학교 3학년 때다. 나는 또래 친구들보다 학습능력도 발육도 느려서 늘 앞자리에 앉았다. 키도 작고, 잔병이 많고 산만해서 어딘가 맹해 보였고, 실제로도 그랬다. 그런 나와 책상을 함께 쓰던 짝꿍이 있다. 내게 지우개를 빌려달라고 하는 횟수가 늘어나더니, 나중에는 자신의 문구칼로 지우개를 두 동강 냈다. 그가 지우개를 자르는 모습을 봤는데 나는 못 본 체했다. 아끼던 지우개였는데. 그에게 화내지도, 그만하라고 말하지도 못했다. 차라리 나에게 그 지우개는 중요한 것이 아니라고 생각하는 게 자존심을 지키는 방법이라고 느낀 것 같다. 싸워도 그 친구에게 이길 수 없을 테니까. 집으로 돌아와 힘없고 비굴한 나를 자책했다. 부끄럽고, 비참해질까 봐 엄마나 언니에게도 말하지 못했다.

집에서는 경제 권력을 쥔 아빠가 엄마를 홀대하고 무시하는 것을 봐왔다. 나이 권력, 혹은 부모 권력으로 아빠는 언니와 나에게도 서슴없이 모욕적인 말을 했다. "한심한 년들, 쓸모없는 간나 새끼들!" 대꾸할 순간도 주지 않고 쏟아지는 모욕 속에서 무기력했다. 분노만 어딘가에 켜켜이 쌓여갔다. 그러다가 강해지려고 애썼다. 중학교에 올라가서는 인상을 쓰고 다녔다. '누구라도 나를 건드리기만 해봐라' 하는 눈빛으로. 타인이 나를 잡아먹을 수 있는 괴물로 보였다. 누군가 나를 공격하지 못하도록 내가 공격을 선점해버리는 경쟁을 따랐다. '어쩔 수 없는 폭력, 어쩔 수 없는 부조리야' '원래 인생이, 인간이, 세상이 그런 거'라고 느꼈다.

나중에는 나를 모욕하는 상대와 마주하지 않으려 노력했다. 학교와 가부장이 지배하는 가족에서 탈주하면서. 그러나 아무리 탈주해도 마주하게 되는 거대한 벽이 몸의 요새를 둘러싸고 찌른다. 내가 선택하지 않은 이 나라의 질서나 관습의 권위 같은 기존의 벽. 이런 벽은 상대적으로 대응하기 쉽다. 정말 무서운 벽은 매일 마주치는 혐오의 말이다. 지레짐작하는 시선과 평가.

서툰 연기자가 되는 것도 좋은 방법이다. 모욕에 응대하지 않고, 마음껏 허술하면 된다. 예민하고 아픈 몸은 극악한 모욕쟁이가 되기도 쉽지만 서툰 연기자가 되기도 좋다. 내가 그랬듯.

경찰서에서 연락이 왔다.

"댓글 모욕죄로 고소한 건 때문에 조서 작성하러 와야 돼요."

"제가 다른 지역에 있어서 평일에는 가기가 힘들 것 같은데요."

"검사가 바뀌었어요. 이걸 꼭 구체적으로 조사하라네요. 이런 적은 없었는데. 하여튼 와야 돼요."

경찰의 말투가 신경질적이다. 벌금으로 통장 압류까지 되어 있는 나는 경찰서에 가면 분명히 저번처럼 노역장에 들어가게 될 것이다. 내 마음을 읽었는지 경찰관이 말했다.

"지금 지명수배도 되어 있는데, 저번처럼 이번에도 노역장

갈 거예요?"

"네."

"그러니까 어서 오세요."

교도소에 들어갈 준비를 하고, 약속된 시간에 경찰서로 향했다. 조사가 끝나고 검찰청으로 이동했다. 검찰청에서 교도소 이송을 기다리는 동안 쇠창살 안에 앉아 집에서 챙겨 온 존 쿳시의 《추락》을 읽었다. 좋은 책은 자각몽을 꿀 수 있게 해준다. 이곳이 어떤 역할극의 장소인지, 내가 왜 여기에 있는지 잊지 않도록 해주는 자각이다.

이송 시간이 되자 검찰청 직원이 손목에 수갑을 채웠다. 수갑을 차니 죄인 같았다. 수갑을 찬 상태로 가방을 메고, 핸드폰을 꺼내 사람들에게 잘 다녀오겠다고 메시지를 남겼다. 교도소 앞에 도착했다. 지금부터 3일 동안 담배를 피우지 못한다. 마지막으로 담배 한 개비만 피우게 해달라고 간청했다. 검찰청 직원은 빨리 피우라며 시간을 허락해줬다. 교도소 담벼락 구석에 서서 수갑을 찬 상태로 주머니에 겨우 손을 넣었다. 담뱃갑에 있는 담배 한 개비를 꺼내 입에 물었다. 불을 붙이고 연기를 길고 깊게 마셨다.

입소절차는 지난번과 같았다. 다시 보는 분홍색 교도소 대문이 서 있었다. '맑은 얼굴, 바른 생각' 간판 밑으로 들어갔다. 왜 '얼굴'일까. 이곳에서 나의 얼굴은 어떤 의미지. 교도관 사무실에는 낯선 얼굴들이 보였다. 그들은 저번처럼 말했다.

"귀걸이, 팔찌, 반지, 목걸이 다 빼세요."

팔찌와 목걸이를 풀었다. 피어싱이 빠지지 않자 자신이 해주겠다며 빼주다가 피어싱을 부러뜨렸다. 나의 이름, 주민번호, 가족관계와 직업, 학력, 몸의 상처와 문신한 부위를 묻고는 저번처럼 빼곡하게 적는다.

"폭력 사건이네."

교도관이 나의 사건기록이 적힌 종이를 들춰보면서 말했다. 대통령 풍자 그라피티 건인데 나의 죄명은 '폭력행위 등 처벌에 관한 위반 공동재물손괴 등'이다. 첫 글자만 봐서는 마치 엄청난 폭력행위를 저지른 것 같다.

"공사장 가벽에 그림을 그렸다고 재물손괴죄가 됐어요. 그림이 엄청 많은 곳에서 제 그림만 수사한 거예요."

"그렇구나. 옷 갈아입어요."

옷을 벗는 걸 지켜보는 교도관에게 말했다.

"이거 꼭 지켜봐야 하나요? 저 상처 없어요. 처음 보는 사람에게 알몸을 보여주고 싶지 않은데요."

교도관이 말했다.

"원칙이 그래요. 잠깐만 볼게요" 하고는 옷을 갈아입는 내내 쳐다봤다. 옷을 벗고 재빠르게 회색 양말, 하늘색 팬티, 하늘색 러닝셔츠, 짙은 소다색 교도복을 입었다. 이마에 땀이 났다. 흰색 고무신 사이즈가 발에 맞지 않았다.

"일단 그거 신어요. 내일 발에 맞는 거 줄게."

교도관이 독방으로 들어갈 거라며 복도를 걸어갔다. 고무신이 커서 바닥에 질질 끌면서 따라갔다. 소리가 나면 안 되니까 발가락에 힘이 들어갔다. 안내하는 독방은 지난번과 같은 7번 독방이다. 교도관이 7번 독방의 문을 열어주며 말했다.

"여기서 잠깐이라도 지낼 거니까 규칙을 말해줄게요. 곧 점검을 할 거예요. 그럼 가운데 바르게 앉아 있어야 해요. 그리고 내일은 아침 6시에 일어나 작업장에서 다른 사람들이랑 노역을 할 거예요. 취침 시간을 제외하고는 누워 있거나 자면 안 돼요. 교도복도 항상 입고 있어야 돼요."

아침 6시 기상이라니. 나는 점심쯤 눈을 떠서 작업을 하고, 새벽 4~5시쯤 잠드는 리듬으로 지낸다. 당장 오늘 밤 잠이 안

오면 어떡하지. 교도관이 이어서 말했다.

"번호는 124번이에요. 124번이라고 부르면 대답해야 돼요."

이번 나의 이름은 124번이다.

갈증 ——

7번 독방에는 전에 보이지 않던 텔레비전이 설치되어 있었다. 그러고 보니 방마다 재소자들이 텔레비전을 보는지 예능 프로그램에서 연예인들이 웃고 떠드는 소리가 들렸다. 텔레비전은 수용자에게 안전한 물건이라고 판단한 거겠지. 텔레비전은 건강한 사회인이 되기 위한 상식과 도덕과 시사와 예능적 유머를 학습하기 좋은 도구이다. 연예인들이 웃는 소리를 등지고 화장실에서 휴지 몇 마디를 뜯어 왔다. 휴지에 인쇄된 글자를 들여다봤다. 쉴 휴休가 적혀 있다.

1시간쯤 지났을까, 방마다 스피커가 설치된 건지 교도관의 목소리가 크게 울렸다.

"점검합니다."

앞방에서 텔레비전 꺼지는 소리가 들리고 웅성웅성하던 목소리가 멈췄다. 교도관은 출석부 같은 것을 넘기면서 1번, 2번, 3번이라고 부르면서 각 방을 지나갔다. 교도관이 1번 방 앞에서 "1번"이라고 하면 방 안에 있는 사람들이 한 명씩 "하나, 둘, 셋, 넷, 다섯… 번호 끝"이라고 말했다. 학교에서 체육시간에 일렬로 줄을 서고 말하던 것과 같은 번호말하기다. 내 방 차례가 왔다.

"7번."

나는 방 가운데에 앉아 "네"라고 대답했다. 교도관이 문을 열더니 말했다.

"그렇게 하는 게 아니야. 벽을 보고 있으면 어떻게 해. 문 쪽으로 몸을 향하고 앞을 똑바로 쳐다보고 앉아서 '하나, 끝'이라고 말해야 돼요. 다시 해봐요."

문을 향해 몸을 돌렸다.

"네. 하나, 끝."

점검이 끝난 후 식사를 하라고 교도관이 문을 열었다. 입소할 때 받은 리빙박스 안에는 연두색 플라스틱 급식판과 연두색 플라스틱 수저가 있었다. 교도관이 독방 문에 설치된 개구멍만 한 통로를 통해 급식판을 건넸다. 깻잎, 김치, 흰밥, 육개장이 담겨 들어왔다. 교도관이 말했다.

"밥을 먹고 급식판을 깨끗하게 설거지하세요. 수세미는 박스 안에 있어요."

육개장에는 지방이 하얗게 뜬 죽은 돼지의 살점이 떠 있었다. 배가 고팠지만 돼지의 살점을 보니 밥맛이 없어졌다. 밥을 조금 떠먹고 화장실에서 양치를 하고 수세미에 비누를 묻혀 급식판을 닦았다. 기름이 떨어지지 않아서 미끈거렸다. 화장실에서 나와보니 독방 불빛이 어두워졌다. 담요를 깔고 구석에 앉았다. 교도관이 쇠창살 사이로 말했다.

"거기서 자면 안 되고, 머리를 화장실 쪽으로 놓고 자야 돼요. 우리가 볼 수 있게."

담요를 화장실 쪽으로 옮기고 다시 머리를 눕혔다. 무료했다. 잠이 오지 않는다. 또다시 끝나지 않을 것 같은 적막이 몇 분, 몇 시간 흘렀다. 계산해보니 아직 밤 10시도 안 된 것 같다.

벽지를 올려다봤다. 불규칙한 무늬가 패턴을 그리고 있었다. 패턴과 패턴 사이를 멍하게 바라보니 이미지가 보인다. 화난 사람의 표정, 눈을 감고 있는 얼굴, 손가락과 발가락이 달린 나무, 달팽이가 기어가는 모양…. 종이와 펜이 있으면 좋겠다. 목이 마르다. 목이 마른 만큼 그림을 끄적이고 싶다. 지나가던 교도관에게 말했다.

"물 좀 주실 수 있을까요? 목이 말라서요. 그리고 종이랑 펜도 구할 수 있을까요?"

"왜요?"

"글 쓰려고요."

낙서를 하고 싶다고 하면 내일 하라고 할 것 같아서 글을 쓰려 한다고 대답했다.

"그거 저기 메뉴판에 있는 문구류를 주문해야 해요. 어차피 주문해도 이틀 걸려요. 펜은 내일 사무실에 있는 걸로 줄 수 있으면 줄게요."

교도관은 식탁 위에 인쇄된 A4 용지를 가리키며 말했다. 지난번엔 보이지 않던 메뉴판이다. 종이에는 각종 과자류, 식품, 문구류, 세면도구, 약품 목록과 가격이 빼곡하게 적혀 있었다. 스킨로션, 샴푸, 선크림도 있다. 목록에 적힌 에너지바, 초코바는 제과회사별로 몽땅 모은 것 같다. 초코바가 인기 있는 과자인가 보다. 면세가 되는 건지, 시중보다 가격이 조금 더 저렴하다.

휴지를 몇 개 더 뜯어서 인쇄된 한자를 바라봤다. 감옥에 수감되어 있는 동안 연필로 휴지에 빼곡히 글을 썼던 신영복 선생님의 일화가 떠올랐다. 요즘엔 종이와 펜을 구입할 수 있지만 당장은 종이도, 펜도 쓸 수 없다. 2년 전 유치장에 있을 때 경찰관에게 종이와 펜과 물을 달라고 하고, 무료한 시간 내내 펜과 물로 잉크를 번지게 하면서 그림을 그렸다. 그림을 그린 종이를 말리려고 유치장 바닥에 널브러뜨리면서 자유를 느꼈다. 펜이 보고 싶다. 작은 흰 종이. 자유의 공간 한 칸만 있으면 좋을 텐데. 그럼 어디서든 버틸 수 있을 텐데.

지난번엔 보지 못했지만, 교도관 사무실 맞은편 복도에 대여할 수 있는 도서가 꽂힌 책장이 떠올랐다. 내일은 책을 빌려 읽어야겠다고 생각했다. 노역을 하느라 읽을 시간이 있을지 모르겠지만.

작업 ——

"기상, 기상입니다."

빽빽거리는 알람 소리와 함께 다급하게 기상을 알리는 목소리가 들렸다. 단순한 멜로디 하나 없는 알람에 놀라서 깼다. 방 안의 형광등이 헤드라이트 불빛처럼 환해졌다.

화장실 위에 달려 있는 창문을 보니 푸른색이다. 식사를 한 후 급식판을 설거지하고 나오니 교도관이 방문을 여는 소리가 들렸다.

"틱."

"노역하러 갈 거니까 나오세요."

맨발로 고무신을 신으러 신발장이 있는 복도로 나갔다. 긴 복도에는 10여 명의 재소자가 일렬로 서 있었다. 사람들이 나를 빤히 쳐다봤다.

신발장에서 어제 받은 고무신을 꺼내 신었는데 너무 헐렁해서 걷기 힘들었다.

"고무신이 너무 커요."

교도관에게 말했더니 옆에 서 있던 재소자가 말했다.

"그럼 내 거 써요."

재소자가 복도 신발장에 있는 작은 고무신을 꺼내줬다.

"고맙습니다."

발에 딱 맞는 신발을 신고 작업장으로 가기 위해 복도 끝으로 걸어갔다. 복도 끝 열린 문 앞에 교도관이 서 있었다. 지나가는 한 명 한 명씩 주머니를 검사했다. 문밖으로 나가니 작은 옆마당에 햇빛이 가득 찼다. 사람들과 일렬로 걸어서 옆마당 오른쪽에 있는 작은 작업장으로 들어갔다. 작업장 내부는 초등학교 과학실험실같이 생겼다. 커다란 창문에서 햇빛이 들어오고 있었다. 길고 커다란 검은색 테이블 두 개가 나란히 떨어져 있고 의자가 옆으로 다닥다닥 붙어 있다. 작업장 앞쪽에는 투명한 유리방 같은 교도관의 감시실 혹은 사무실이 있다. 10여 명의 재소자가 내 앞에 두 줄로 섰다. 40대로 보이는 머리를 길게 묶은 한 재소자가 내게 명랑하게 인사했다.

"안녕하세요!"

"네, 안녕하세요."

"이쪽으로 오세요. 점검할 때는 아홉이라고 말하면 돼요."

어젯밤 점검할 때처럼 번호를 말했다. 하나, 둘, 셋, 넷…. 내 차례다.

"아홉."

그리고 내 옆에 있는 머리 긴 재소자가 "열, 번호 끝"이라고 말했다. 교도관이 말했다.

"오늘 작업은 좀 어려울 수 있어요. 그리고 외부 회사에서 위탁받은 일이라 별로 재미없을지도 몰라요. 그래도 힘내서 해봅시다."

"네!"

대답한 후 사람들은 테이블 모서리마다 앉았다. 1번 방과 2번 방 사람들이 함께 작업하는 날이라고 한다. 나는 2번 방 사람들이 모여 앉은 왼쪽 테이블에 앉았다. 긴 테이블 뒤편에는 70~80대로 보이는 흰머리의 재소자가 따로 떨어진 작은 책상에 앉아 있었다. 그녀는 파란색 실 같은 것을 만졌다. 물레를 돌리는 것처럼, 파란색 실을 비비고 커다란 원통에 그것을 넣으면 기다란 실이 나선형으로 박스에 들어갔다. 파란색 실이 햇빛과 만나 은은하게 빛났다. 전선을 만드는 일이라고 한다.

사람들은 커다란 사물함에서 몇 개의 박스를 꺼내 테이블 위에 올려놨다. 박스 안에는 브래지어 패드가 있는 스킨색, 네이비색 슬립이 겹겹이 쌓여 있었다. 슬립을 두 장씩 겹쳐서 보기 좋게 접고, 끈을 정리한 후 박스에 포장하는 일이다. 슬립 두 장을 겹쳐서 놓고, 그 위에 두꺼운 흰 종이를 놓고 깔끔하게 접은 후 브래지어 끈을 정리하고, 집게로 집고, 브래지어 패드를 보기 좋게 다듬는 작업을 맡았다. 다른 팀은 다듬은 브래지어 패드를 넣은 포장 상자를 만들고, 상자에 넣는 작업을 한다. 쉬운 일처럼 보였지만 생각보다 어려웠다. 내가 앉은 테이불에는 40~60대로 보이는 사람들이 앉았다. 한 사람이 말했다.

"아이고, 젊은 사람이 들어와서 좋네. 일도 잘하겠지."

사람들은 "이렇게 이렇게 하는 거야"라고 몇 번을 알려준 후 수시로 내가 일하는 것을 보러 왔다. 브래지어를 거의 착용하지 않는 나는 너덜거리는 브래지어 끈을 어떻게 정리해야 하는지도 잘 모른다. 생각해보니 교도소에 입소할 때 러닝셔츠만 줬지, 가슴을 받쳐주는 브래지어를 주진 않았다. 이곳 사람들은 브래지어를 하지 않는 걸까. 아니면 브래지어도 착용하지 못하게 하는 걸까. 유치장에 들어갈 때 브래지어를 벗으라는 경찰도 있었다. 싫다고 했지만, 끈이 달린 브래지어를 사용해 자해를 할까 봐 그렇다고 들었다. 그래서 이곳에서도 브래지어를 주지 않는 건가. 왜 브래지어를 개는 노역을 하는 걸까. 나는 여자교도소에서 흔히 하는 작업으로 영화에서 자주 등장하는, 재봉틀로 실을 박는 일을 할 줄 알았다. 여성적인 노동이라고 불리는 것. 하긴 여성의 속옷을 개는 것도 여성적인 노동일 수 있겠구나. 남자는 어떤 작업을 할까. 성별 분업 노동처럼 자동차 정비를 하거나 기계를 만지는 일을 하지 않을까. 교도소의 대문 색깔처럼 노역의 색깔도 남자는 파란색, 여자는 분홍색이다. 여자로도 남자로도 스스로의 정체성을 규정하지 않는 사람은 교도소에서 얼마나 불편할까. 나도 내가 여자인지 잘 모르겠지만. 여자교도소의 일상을 그린 미국 드라마 〈오렌지 이즈 더 뉴 블랙〉에서 트랜스젠더 여성이 여자교도소에서 호르몬 약을 받지 못해서 겪는 어려움을 본 적이 있다. 이곳에는 그런 사람이 없을까.

꼬리를 무는 생각을 멈추고 스킨색 슬립의 브래지어 끈을 정리하는 데 몰두했다. 테이블에는 내 바로 앞에서 무서운 표정으로 브래지어 끈을 정리하는 사람도 앉아 있었다. 30대 후반으로 보이는, 그중에서도 젊은 사람이었다. 검고 긴 머리를 뒤로 묶고 안경을 낀 재소자가 나를 쳐다보며 말했다.

"말 놔도 되지?"

"네."

"아니, 그렇게 하는 게 아니고." 손이 엉키는 내가 답답했는지 그녀는 다시 슬립 개는 법을 천천히 보여줬다. 눈에 불을 켜고 집중했다. 사람들이 나를 주시하는 느낌에 긴장되어서 한 손 한 손에 힘이 들어갔다. 처음은 아주 엉성했지만 시간이 지날수록 빠르고 정확하게 슬립을 갤 수 있었다. 브래지어 끈을 한꺼번에 모으고, 살짝 비튼 후 집게로 집는 요령이 생긴 것이다. 내가 접은 슬립은 패드가 보기 좋게 튀어나와 있고, 상품으로 바로 팔아도 좋을 만큼 깔끔했다.

"어머, 정말 섹시하게 잘 접었네!"

앞에 앉은 재소자가 말했다.

"역시 젊은 사람이라 일을 잘하네."

주변에 앉은 사람들이 우르르 내게 다가와 말했다.

"오늘 하는 일이 힘든 작업인데, 하늘에서 천사가 내려왔네. 호호, 엄마들 몫까지 많이 해줘." 내 옆에 앉은 웃음기 많은 50대 재소자가 이어서 말했다.

"금요일이나 토요일에 들어오면 좋았을 텐데. 토요일, 일요일은 작업을 안 하는 날이거든. 보통은 전선을 만들거나 기계 안의 전선을 이어 붙이는데 오늘은 좀 힘든 일이야."

금요일인 오늘은 오전부터 오후까지 종일 작업을 해야 한다.

"커피 마십시다!"

작업반 반장같이 보이는 사람이 말했다. 개인당 한 개씩 주어진 파란색 컵에 커피를 타 마시는 시간이었다. 나는 컵이 없다.

"내 컵 빌려줄게." 40대 후반으로 보이는 눈썹이 진한 재소자가 차분한 목소리로 내게 말했다.

"감사합니다."

사람들은 각자의 취향대로 믹스커피가 담긴 통에서 커피를 가져갔다. 나는 블랙커피를 뜨거운 물에 타서 마셨다. 10분, 커피 한 잔이 이렇게 맛있다. 처음 만난 사람들과 커피 한 잔을 마시는데 무슨 이야기를 해야 할지 모르겠다. 바깥에서는 어디에서 사는지, 무슨 일을 하는지, 날씨가 어떤지 같은 이야기를 나눈다. 뭔가를 굳이 말할 필요가 있나. 사람들은 별말 없이 커피를 마시고 컵을 제자리에 갖다 놨다. 짧은 휴식 후 다시 각자 자리에 앉아 일을 시작했다. 머리 끈이 없어서 불편했다. 옆에 떨어진 노란색 고무줄로 머리를 묶으려 하자, 앞에 앉은 재소자가 머리를 묶고 있던 검은 머리 끈을 풀어서 내게 주었다. 머리를 질끈 묶고 작업에 열중했다. 일하는 속도는 달랐지만 아무도 멈추지 않았다. 박스 하나에 가득 담긴 슬립을 포장하면 또 다른 상자가 나오고, 그걸 겨우 끝냈다 싶으면 또 다른 상자가 왔다. 뒤를 돌아보니 상자가 다섯 개는 더 쌓여 있다. 오늘의 작업 분량을 채우려면 쉬지 않고 일해야 한다. 별다른 수다도 없고, 명랑하지도, 들뜨지도, 무겁지도 않은 공기 속에서 각자 자리에 앉아 슬립을 만졌다.

"방에 커피 없지? 아이고, 불쌍해. 이거 가져가."

오전 노역이 끝나고, 점심을 먹으러 각자 방에 들어갈 시간이 되었다. 함께 작업했던 사람들이 믹스커피 두 개를 주머니에 넣어주었다. 감사하다고 인사를 한 뒤 7번 독방으로 되돌아왔다. 혼자만의 공간, 나만의 방이다. 사람들과의 역할극이 힘들다. 침묵하는 것도 눈치 보이고, 어떤 표정으로 어떤 말투를 써야 할지도 모르겠다. 노역장에 다녀온 경험을 글로 기록할 생각이었기에 사람들과 이런저런 이야기를 나누고 싶기도 했지만, 역시 혼자 있는 게 좋다.

벽을 보고 앉았다. 교도소 운영규칙이 적힌 종이가 눈에 띈다. '신입식 금지' '신입식을 할 경우 벌점 및 징벌 조치'라고 적힌 조항이 있다. 말로만 듣던 신입식. 그런 게 있을 수 있겠구나. 독방을 쓰는 것이 어쩌면 더 좋을 수도 있겠다. 혼자 있을 때의 무료함과 함께 있을 때의 긴장감. 긴장보다 무료함이 참을 만한 것 같다. 긴장된 상태가 더 나을까.

"124번, 짐 챙겨서 나와요."

교도관이 갑자기 독방 문을 열고 말했다. 처음 보는 교도관이다. 방을 다른 곳으로 옮기는 걸까, 설마 혼방에 나를 가두려는 건 아니겠지 생각했다. 교도관은 복도의 2번 방 앞에서 멈춰 섰다. 문이 열리고, 아까 작업장에서 만난 2번 방 사람들이 보였다. 내 앞에 앉았던 검은색 머리 끈을 빌려준 사람도 있다. 교도관이 나가고, 사람들은 반갑게 인사해주었다.

"어서 들어와요. 아이고, 반가워요! 여기 얼마나 있어?"

작업장에서 인사를 나누지 않은 사람이 먼저 인사를 건넨다.

"저는 내일 아침에 나가요."

"편안하게 있어. 펜션 여행 왔다고 생각해! 펜션이야, 펜션."

옆에 있던 다른 사람이 웃으며 말했다.

5~6평 정도 되는 혼방에는 네 명이 생활하고 있었다. 독방의 2.5배 크기다. 창문이 있고, 안이 다 보이는 화장실도 있었다. 한쪽 벽으로는 각자의 짐을 놓는 선반이 있고, 그 위에 리빙박스가 줄 맞춰 앉아 있었다. 다른 한쪽 벽에는 옷이 걸려 있었다. 모두 짙은 소다색 죄수복, 하늘색 내복, 회색 속옷이다. 선반과 싱크대 위에는 과자와 소시지, 음료수와 물통이 쌓여 있었다. 문 바로 옆에는 손바닥만 한 거울도 벽에 걸려 있고, 그 밑에는 작은 선반 위에 연필꽂이도 있었다. 종이도 있

고, 색색의 볼펜도 있었다. 색색의 볼펜이라니. 갑자기 혼방에 온 게 다행이라고 느껴졌다. 창문에는 정오의 햇빛이 환하게 들어왔다. 창문 바깥으로 교도소의 담벼락과 아주 작은 뒷마당이 보인다. 뒷마당에는 나무 한 그루, 초록색 풀이 누구의 방해도 받지 않고 자라나 있었다. 창문 위쪽으로는 빨랫줄이 걸려 있고, 거기에 색색의 옷걸이와 빨래집게가 매달려 있었다. 빨간색, 노란색, 연두색, 파란색, 검은색 옷걸이에는 새로 빨래한 똑같은 연두색의 수건이 널려 있었다. 바람이 불어 빨랫비누 향기가 함께 들어왔다. 창문에 설치된 흰색 창살 밑으로는 커다란 자루 네 개가 바깥으로 묶여 있었다. 자루 속에는 여러 가지 종류의 초코바, 초콜릿, 과자, 소시지, 떡갈비, 물, 음료수 등이 담겨 있었다. 빵빵하게 가득 차서 무거워 보였다. 아주 오랫동안 이곳에 이렇게 묶여 있던 것 같은 자루 더미였다. 사람들은 편안한 자리에 아무 데나 앉으라고 말했다. 창문 바로 밑에 가져온 담요를 깔고 방석처럼 앉았다.

"이 자루들은 냉장고 같은 건가요?"

창문 바로 밑의 자리가 고정된 자리인 듯 옆에 서 있던 재소자에게 물었다. 작업장에서 내게 컵을 빌려준, 눈썹이 진하고 차분한 인상의 사람이다.

"응, 냉장고 같은 거지. 그런데 이제 날씨가 점점 더워져서 못 쓰게 됐네."

"비가 오면 어떡하죠?"

"비가 와도 젖진 않더라고. 그래서 꽉 묶어놨지."

그녀가 이어서 말했다.

"이런 곳에서도 이렇게 생활을 한단다. 사람은 어디서든 어떻게든 산다니까."

그녀는 들고 있던 연두색 수건을 빨간색 옷걸이에 걸치고, 빨랫줄에 널면서 내게 묻는다.

"떡갈비 하나 먹을래?"

"아니요, 고기를 안 먹어서요."

"왜?"

"그냥, 동물을 잔인하게 사육하는 게 싫어서요."

속이 안 좋다고 대답하려다가, 그냥 솔직하게 말했다.

"어머, 그렇구나. 그럼 초코바 먹을래?"

"네, 좋아요!"

메뉴판에서 봤던 초코바였다. 역시 초코바는 이곳에서 인기가 많은 과자인가 보다. 오전마다 편지가 도착하는지 교도관이 복도를 돌며 편지를 나눠주었다. 2번 방에도 한 움큼의 편지가 들어왔다. 각자의 편지를 받고 테이블에 앉아 편지를 읽고 답장을 썼다. 어떤 사람은 초코바를 먹거나 새로 주문할 물품을 메뉴판을 보면서 고르고, 종이에 기록해서 교도관에게 전달했다. 한 사람은 교도관의 눈을 피해 겉옷을 벗고 책상에 기대어 잠을 잤다. 편지 답장을 마친 한 사람은 화장실로 들어가 수건 빨래를 했다. 나는 창가 바로 밑에 앉아 계속 초코바를 씹어 먹었다. 곧 '사서 언니'라고 불리는 사람이 방 앞에 와서 음식을 담아주었다. 식사 시간이다. 우리는 방에 있는 테이블을 가운데로 붙이고 둘러앉았다.

뒤에서 나에게 말하는 소리가 들렸다.

"야 꼬맹아, 너 절로 가."

'꼬맹이? 꼬맹이라니? 못 들은 척해야지.' 무시하고 앉아 있었다.

"옆으로 좀 가라고."

한 재소자가 내게 다가와 말했다. 목소리가 유난히 커서 작업장에서도 거슬렸던 사람이다. 나는 왼쪽으로 자리를 피했다.

"더. 더 가."

더 왼쪽으로 옮겼다.

'나를 경계하는구나.' 나에게 상냥하게 말을 걸어주던 다른 사람들은 말이 없다. 식판에 담긴 음식에 집중했다. 점심으로는 죽은 멸치를 말리고 뜨거운 불에 볶은 반찬과 죽은 돼지의 살점이 떠 있는 순두부찌개가 나왔다. 고기를 빼고 국물과 흰 밥을 골라 먹었다. 언니들은 많이 먹으라며 죽은 멸치를 내게 덜어줬다. 사람들은 밥 먹는 내내 나를 '꼬맹이' '애기'라고 불렀다. 다정하고 친근한 말투로 말하는 사람들에게 정색을 할 수 없지만, 마음은 불편하다. 일상적인 상호작용에서는 그런 호칭이 친근함의 표현이 되기도 한다. 애기나 꼬맹이도 그렇지만 처음 만난 누군가에게 자신보다 나이가 많거나 적다는 이유로 언니, 동생, 형님, 아우 하는 것도 불편하고 이상하다. 위계를 빠르게 정리해 각자가 해야 할 역할극의 대본을 배정받는 느낌이었다. 이곳에서 나의 역할은 애기, 꼬맹이다. 애기가 된 나는 밥을 깨끗하게 먹고 최대한 말을 줄이면서 적당히 눈치를 보자고 생각했다.

식사가 끝나고 사람들이 다 같이 테이블을 정리했다. 작업장에서 바로 내 옆에 앉은, 웃음기를 머금고 있는 사람이 싱크대에서 설거지를 하려고 팔을 걷어붙였다. 다른 사람들의 급식판까지 쌓여 있는 설거지통이다. 다가가서 말했다.

"제가 설거지할게요."

옆에 있던 눈썹 진한 사람이 말했다.

"아니야. 저 언니가 당번이라서 하는 거야."

혼방에서는 교도소에 입소한 순서대로 오래된 사람은 화장실 쪽, 최근에 들어온 사람은 문 쪽으로 눕는 자리가 정해져 있다. 그 순서대로 돌아가면서 하루 당번을 한다. 하루 당번은 설거지, 급식 준비, 방의 잡다한 정리정돈을 도맡아 한다. 신입인 내가 하는 게 역할극의 대본이 아닐까, 하는 압박감에 눈치 보였지만 당번 규칙이 있다고 하니 안심되었다.

사람들은 모두 각자의 지정된 듯한 테이블 앞에 앉아 다시 편지를 읽고, 답장을 썼다. 이곳은 시계가 있었다. 작업장에 다시 갈 시간은 1시 반. 30분 정도 시간이 남았다. 식사를 마치고 화장실에서 수건 빨래를 하던, 아까 내게 꼬맹이라고 말한 목소리 큰 사람이 내게 다가와 묻는다.

"이름이 뭐야?"

"승희요."

"여기 왜 들어온 거야?"

옆에 있던 눈썹 진한 사람이 말했다.

"그런 건 물어보는 거 아니야."

나는 괜찮다며 대답했다.

"대통령 그림을 벽에 그렸다고 들어왔어요."

"어머, 박근혜 그렸다고?"

"네. 그림이 많은 벽에 그렸는데 제 것만 수사했더라고요."

목소리 큰 사람이 말했다.

"진짜 웃기네. 박근혜가 시켜서 그런 거 아니야. ×× 같은 것들. 그런데 왜 들어왔어. 이런데 들어오면 안 좋아. 재판을 청구하지 그랬어."

"정식재판 청구도 했는데 무죄는 안 나왔어요."

"그랬구나. 어쨌든 우리는 네가 와서 너무 좋아. 작업할 때 함께할 일꾼이 생겨서."

설거지를 하던 사람이 앞에 앉아 말했다.

"잘했어. 그래도 반갑네. 이것도 인연이다."

"야, 그래도 너무 잘해주지 마. 여기 좋으면 또 들어온단 말이야."

그때 테이블에 앉아 편지를 읽던 눈썹 진한 사람이 말을 걸었다. 박근혜 전 대통령과 같은 구치소에 있는 친구에게 편지가 왔다고 한다.

"박근혜는 독방 세 개 벽을 터서 혼자서 다 쓰고 있대. 소파도, 침대도 있을지 모른대."

목소리 큰 사람이 말했다.

"진짜 웃기네. 우리도 범죄자지만, 그 사람은 진짜 나쁜 범죄자야."

가장 나이가 많은 두 명은 최순실과 같은 구치소에 있다가 이곳으로 이송되었다고 했다.

"벌을 줄 거면 공평하게 줘야지. 이게 뭐니 정말."

교도관이 문을 열고 들어와 내게 124번과 방 번호가 인쇄된 흰색 천을 주었다. 내게 머리 끈을 빌려준 사람이 다가왔다.

"이거 옷에 붙여야 돼."

연필꽂이에 있던 딱풀을 가져와 왼쪽 가슴과 오른쪽 가슴에 하나씩 붙여줬다. 목소리 큰 사람이 내게 다가와 말했다.

"어머, 번호가 124야? 123도 아니고. 웃기네! 나이는 몇 살이야? 스물다섯?"

"스물여덟이요."

"어머, 훨씬 더 어려 보이는데? 먹을 만큼 먹었네!"

"무슨 일해?"

"그림 그리고 글 써요."

"그림 그려? 잘됐다. 내 고무신에 그림 그려줄 수 있어?"

"좋아요. 그런데 마음에 드실지 모르겠어요."

옆에 있던 안경 낀 사람이 말했다.

"이 언니 보면서 떠오르는 거 그려줘. 혹시 주사기 생각나지 않니? 호호."

옆에 있던 다른 사람들도 까르르 웃었다. 목소리 큰 사람의 별명이 주사기인 것 같다. 주사기. 그러고 보니 번호표 색깔이 흰색인 나나 다른 사람들과 다르게 파란색 번호표를 달고 있었다. 마약혐의로 들어온 것이다. 번호 색깔도 다른 사람과 달리 시퍼런 색으로 달고 있을 만큼 마약이 그렇게 무시무시한 죄일까 생각했다.

목소리 큰 사람은 익숙한 장난이라는 듯 함께 웃었다. 그녀가 이어서 내게 물었다.

"엄마랑은 자주 연락하니?"

"네, 가끔요."

"엄마한테 잘해. 눈치챘겠지만 언니는 여기에 그런 거 때문에 들어왔어. 엄마 속을 너무 썩여서 이제 나가면 엄마한테 잘하려고."

다른 사람들이 색색의 펜을 가지고 왔다. 검은색, 파란색, 빨간색 모나미 펜으로 흰 고무신에 그림을 그렸다. 여러 가지 색깔로 흰 캔버스(고무신)에 그림을 그릴 수 있다. 나선형 달팽이집과 눈, 팔, 손가락, 다리, 발가락이 달린 달팽이의 몸통을 그렸다. 흐물흐물하고 삐뚤빼뚤하다.

목소리 큰 사람이 말했다.

"너무 귀엽다. 잘 신고 다닐게. 고마워."

"여기 얼마나 있었어요?" 내가 물었다.

"내 검은 머리 색깔만큼." 두피부터 어깨까지 검은색 머리카락이고, 그 아래로 염색한 머리가 자라 있었다. 1년은 길러야 하는 길이다.

"1년 넘게 여기 있었어. 1년은 더 있어야 될걸."

"그렇군요."

"네가 부럽다. 나도 내일 나가고 싶어."

창문에서 따뜻한 바람이 불어왔다. 사람들은 내게 땅콩과 초코바, 에너지바, 물과 음료수를 계속 줬다. 할머니 집에 온 것처럼 내 리빙박스가 사람들이 준 과자로 채워졌다. 은근한 신경전이 오가는 게 불편했지만, 달콤한 초코바를 먹으면서 교도소에 갇혀 있다는 사실을 잠시 잊었다. 이곳에서 승희라는 이름으로 불리는 느낌이 이상했다. 우리는 서로에 대해 아는 게 거의 없다. 많이 알려고 하지도 않는다. 아는 거라곤 교도소의 번호, 바깥에서 쓰던 이름, 감옥에 들어온 이유를 어림짐작하는 정도다.

쉬는 시간이 끝나고, 우리는 다시 작업장으로 갔다. 작업장 옆 공터에는 오전에 보지 못한 1평만 한 텃밭이 있고 꽃들이 심겨져 있었다. 다른 방에서 꽃 심는 작업을 했다고 한다.

"아, 이쁘다!" 옆에 있던 눈썹 진한 사람이 말했다. 꽃 심는 일을 하면 좋을 텐데. 햇살이 좋아서 바깥에서 흙을 만지고 싶었다. 나와 2번 방 사람들은 다시 검은 테이블로 돌아와 스킨색 슬립과 네이비색 슬립을 만졌다.

"오늘은 목욕하는 날이야."

옆에 앉은 사람이 말했다. 일주일에 두 번, 목욕탕에서 목욕을 한다고 한다.

"1번 방 사람들이 먼저 목욕하고, 다음에 우리가 목욕을 할 거야."

1번 방 사람들이 목욕을 하러 나가고 우리는 나간 사람들 몫까지 작업을 했다. 20분쯤 지나 1번 방 사람들이 들어오고, 우리 차례가 됐다. 사람들은 한껏 신나 보였다. "다녀올게요! 우리도 작업 많이 해놨으니 열심히 하고 있어야 돼요!" 1번 방 사람들에게 눈썹 진한 사람이 말했다.

"승희야, 목욕하러 가면 시간이 20분밖에 없으니까 후딱 끝내야 해. 언니가 샴푸랑 린스랑 보디워시 빌려줄게. 언니 옆에 앉아서 부지런히 닦아." 눈썹 진한 사람이 나에게 말했다. 우린 다시 방으로 들어가 목욕도구와 갈아입을 속옷과 수건을 챙겼다. 새 속옷과 수건은 여벌로 하나씩 리빙박스 안에 있었다. 나는 연두색 수건 하나를 챙겼다. 교도관은 교도관 사무실 바로 맞은편에 있는 불투명한 유리문으로 우리를 안내했다. 샤워실은 상상한 것보다 비좁았다. 일곱 명 정도 들어갈 수 있는 공간이었다.

"자, 이제 시작이다! 어서 옷을 벗고 우리 빠르게 씻읍시다." 목소리 큰 언니가 말했다.

사람들은 분주하게 옷을 벗었다. 나도 급하게 옷을 벗고, 눈썹이 진한 언니 옆에 앉았다. 샤워실에는 일곱 개의 샤워꼭지가 벽마다 붙어 있고, 그 밑으로 한 사람이 앉을 수 있는 목욕의자가 있었다. 한쪽 구석에는 뜨거운 물이 내 몸의 반만 한 갈색 대야에 졸졸졸 떨어지고 있었다. 대야에 반 정도 담긴 물은 목욕하기 적당한 따듯한 온도였다. 그 물로 주어진 시간 20분 안에 머리를 감고 몸을 씻고 수건으로 몸을 닦고 옷을 입어야 한다.

대야에 담긴 물을 바가지로 퍼서 몸에 부었다. 목욕의자에 앉아 천천히 씻고 있는 나와 다르게 다른 사람들은 일어서거나 엎드리고 무언가를 찾으러 왔다 갔다 하면서 목욕을 했다. 내가 너무 느린 건가? 주변을 둘러보았다. 사람들의 몸이 보였다. 어렸을 땐 자주 공중목욕탕에 갔지만, 커서는 자주 가지 않았다. 왠지 모르는 사람들의 알몸을 보는 게 부끄럽고 낯설다. 그런데 이곳에서 처음 보는 사람들의 알몸과 뒤엉켜 목욕을 하게 되다니. 나와 스무 살은 차이 나는 몸이다. 공중목욕탕에서 본 몸. 따뜻한 물에 젖은 사람들은 굴곡진 살을 부끄러워하거나 숨기지 않았다. 나도 나의 알몸이 부끄럽지 않았다. 이상하고 신기한 일이었다. 우리는 서로를 모른다. 어디에 사는지, 뭘 하고 살았는지 모른다. 그래서 부끄럽지 않은 걸까. 이런저런 생각을 하면서 뜨거운 물을 담은 바가지로 머리를 헹구고 있는데, 목소리 큰 사람이 와서 때수건으로 내 등을 밀었다.

"자자, 등을 보여주세요. 등 때밀이 갑니다!" 먼저 목욕을 끝내고 돌아다니면서 사람들 등을 밀어주고 있는 거다. 그녀는 내 등을 문지른 후 이쪽저쪽 다니면서 사람들 등에 비누칠해 주고 때수건으로 박박 밀었다. 옆에 있던 눈썹 진한 언니가 아래를 깨끗이 닦으라며 여성청결제를 빌려줬다. "내 머리에 거품 없어?" "어, 없어. 나는?" 여기저기서 이 샴푸가 좋다, 춥다, 따뜻한 물 더 없나, 거품이 남았나 물어보는 목소리가 들렸다.

내가 제일 먼저 몸을 헹구고 수건으로 몸을 닦았다. 추워서 서둘러 옷을 입었다. 한 명을 제외하고 모두 옷을 입은 후 시간을 확인해보니 10분이 더 남았다고 했다.

"우리가 너무 빨리 씻었네, 호호. 그냥 천천히 씻을걸." 목소리 큰 언니가 말했다. 남은 한 사람이 옷을 입을 때까지 기다렸다가 함께 밖으로 나갔다. 밖에 있을 때보다 교도소 안에서 더 깔끔하게 몸을 닦은 것 같다. 다시 2번 방으로 들어간 사람들은 스킨, 로션을 바르고 선크림을 얼굴에 발랐다. 나도 스킨로션과 보디로션을 빌려서 온몸에 발랐다. 몸에서 향기가 났다. 교도소에서는 화장을 할 수 없지만 선크림은 구입할 수 있다. 다 같이 젖은 머리를 하고 작업장으로 갔다. 드라이기는 없지만 머리는 햇빛에 말리면 된다. 교도소 문에서 작업장 입구까지 걷는 다섯 걸음 동안 따뜻한 바람과 햇빛이 머리카락을 만져줬다. 교도소에서 나가면 흙을 만지고 싶다, 가만히 햇빛을 느끼고 싶다.

목욕을 하고 돌아와 앉으니 몸이 가벼웠다. 작업장에서 2시간 정도 더 쉬지 않고 일했다. 엄지손가락과 손톱이 따끔거릴 정도였다. 오후 3시 30분쯤, 오늘 할 작업량을 모두 끝냈다. 몇백 개의 슬립을 접어서 커다란 박스에 담았다. 작업을 마친 후 사람들은 오랫동안 해온 것처럼 사물함에 있던 빗자루나 대걸레를 꺼내 청소를 했다. 뒤에서 전선을 만지던 할머니는 작업장 뒷문을 열고 한 발자국 걸어 나간 곳에서 햇빛을 쬐고 있었다. 나도 오랜만에 보는 지푸라기 빗자루를 잡았다. 머리카락 같이 생긴 빗자루로 부드럽게 바닥을 쓸었다. 대걸레질을 하던 사람이 교도관 사무실로 벌컥 들어갔다.

"교도관님, 걸레질해드릴게요. 일어나보세요. 서비스!"

웃으면서 말하는 장난스러운 말투가 교도관을 놀리는 것 같았다. 교도관이 화낼까 봐 쳐다봤지만 그런 일은 없었다. 교도관은 일하다가 말없이 일어나 대걸레질을 하도록 내버려뒀다. 다른 사람들도 킬킬 웃었다.

청소가 끝난 후 2번 방으로 돌아오는 길, 목소리 큰 사람이 복도에 서 있는 교도관에게 말했다.

"어머, 교도관님 안색이 안 좋아요. 무슨 일 있어요? 건강 괜찮아요?"

"건강은 무슨."

"에이, 몸 안 좋은데 쉬지도 못 하고 고생이에요."

교도관은 처음에 경계하더니, 이내 너털웃음을 지으며 대꾸하고 돌아갔다. 교도관이 웃는 모습을 처음 봤다. 어디서든 웃을 수 있는(장난칠 수 있는) 힘이 역할극을 잠시 멈추게 만든다. 교도관 입장에서는 그저 까부는 일이겠지만, 적어도 지금이라는 공간은 평등하다. 지금의 권력으로 지금이 아닌 것들을 전복할 수 있다.

2번 방으로 들어온 사람들은 다시 각자의 자리에 앉았다.

"남자친구는 있지?" 내게 목소리 큰 사람이 물었다. 남자친구가 있는 게 당연한 건가? 어쨌든 있다고 대답했다.

"결혼은 안 하니?" 50대 언니가 물었다.

"네, 저는 결혼 안 하고 동거해요. 결혼은 하지 않으려고요."

이런 말을 하면 대개 '결혼이 필요하다, 왜냐하면'으로 시작해 자기 경험을 강요하는 식으로 대화가 흘러간다. 하지만 이곳 사람들은 별말을 하지 않았다.

"그래, 그것도 좋은 거야."

그러고 보니 대부분 결혼을 안 한 것 같다. 목소리 큰 사람이 말했다.

"나는 남자친구가 있었는데, 교도소에 오랫동안 있었어. 교도소 밖에서 남자친구 뒷바라지하는 게 너무 힘들었어. 매일같이 와서 접견하고, 편지 쓰고, 돈 보내주고. 교도소 뒷바라지보다 내가 여기 들어와 있는 게 편하다니까."

옆에 있던 눈썹 진한 언니가 농담처럼 말했다.

"교도소 뒷바라지보다 수감되는 게 쉬웠어요."

"그래도 승희 너는 대단해. 내가 만약 네 나이 때였다면 무서워서 이런 데 들어올 생각도 못 했을 텐데. 한창 좋을 때인데, 나가서 남자친구랑 벚꽃도 구경하고 그래야지."

"벚꽃 구경은 많이 해요. 여기 잔디랑 햇살도 좋아요."

목소리 큰 사람의 타투가 눈에 띄었다.

"타투 멋져요."

그녀가 말했다.

"너도 타투 예쁘다. 어디서 했어?"

오랫동안 타투에 대해 이야기를 나눴다. 나도 몸 여기저기에 타투가 있다. 교도소에서 화장이나 렌즈, 피어싱은 어떻게든 지우고 빼내야 하지만 피부에 새긴 타투는 어찌할 수 없다.

타투를 더 많이 새겨야겠다고 생각했다. 아무도 내 몸에서 떼어내지 못하는 그림이다.

눈썹 진한 언니는 옆에서 성경을 펼쳤다. 매주 목요일마다 예배도 있다고 한다. 2번 방 사람들은 모두 기독교나 가톨릭 신자라고 했다.

"나는 옛날에 욕심이 많았어. 그 욕심 때문에 아는 사람의 돈을 빌려서 도망가기도 했고, 그래서 이곳에 온 거야. 승희 너는 물론 죄를 지은 건 아니지만, 이런 곳에 오지 마. 네 마음의 평화를 찾아야 돼. 세상이 어떻든 기도하고 기도해." 종교가 없다고 대답한 나에게 교회에 다니라고 말했다.

"네, 그럴게요. 그런데 저는 소신을 지키는 거랑 기도하는 게 다르지 않다고 생각해요."

나를 위해 기도하는 일과 아니라고 생각하는 걸 아니라고 말하는 일은 다른 게 아니다. 오늘보다 먼저 존재하려고 하는 것들은 거짓이 되기 쉽다. 종교는 모두 진리를 말하지만 내 오늘만큼 진리인 건 없다. 내게 종교가 없는 이유다. 그런 점에서 그녀의 말이 불편하지 않았다. 적어도 그녀는 자신의 실감에 집중한다. 자신이 믿는 신을 다른 사람들이 믿지 않아서 세상이 이 지경이 됐다고 분개하지 않는다.

오후가 지나 저녁 식사 시간이다. '사서 언니'라고 불리는 사람이 와서 급식을 전해주었다. 저녁으로 죽은 고등어를 튀김가루에 입힌 것과 멸치볶음, 김치찌개가 나왔다. 사람들이 하루 중 제일 관심 있는 주제는 오늘의 메뉴다.

"오늘은 고등어다, 고등어!"

"어머, 이건 어떻게 만든 거지?"

"너무 싱겁다. 고추장을 더 넣었어야지. 이건 소금이 너무 많다."

"이 오빠들 안 되겠네."

음식을 맛보면서 사람들이 한마디씩 보탠다. 음식 안에 들어간 재료를 척척 맞추는 사람들이 신기하다. 반찬은 옆에 있는 남자교도소 재소자들이 만든다고 한다.

"승희는 영양 보충을 해야지!"

많이 먹으라며 옆에 앉은 사람이 내 접시에 고등어를 담아준다. 괜찮다고, 고등어를 안 먹는다고 말하고 그 이유를 또 말하기가 거추장스러워서 한 마리를 다 먹자 한 마리를 더 담아줬다.

저녁을 먹은 후 교도소 과장으로 보이는 사람이 나를 불렀다. 내가 혼방을 쓰면서 불미스러운 일을 겪지 않았는지 물으려는 것 같았다.

"사람들은 좋아요. 편안해요."

교도소 과장이 말했다.

"미결 사람들이랑 있어서 그래요. 재판에서 징역이 선고된 사람들은 밖으로 나가지도 못해요."

나는 법무부에 소속된 사람들과 함께 방을 쓰고 있는 거였다. 생각해보니 옆방과 그 옆방에 기결이라고 써 있는 곳의 사람들은 하루 종일 밖에서 모습을 보지 못했다. 3평 크기의 방 안에서 책을 읽거나 텔레비전을 보는 게 전부다.

내가 방으로 들어간 후 취침 전 점검이 시작됐다.

"너 어제 점검할 때 벽 보고 앉아 있었지? 진짜 웃겼어. 앞을 보고 앉아야 해. 이렇게 똑바로 앉아서 너는 다섯 번호 끝, 이렇게 말하면 되는 거야. 알았지?" 목소리 큰 사람이 말했다.

두 줄로 나란히 앉아 번호를 불렀다. 교도소 과장이 만족스러운 미소를 짓고 다음 방으로 갔다. 곧 옆방 사람들을 혼내는 목소리가 들렸다.

"여기 방 분위기는 뭔가 들떠 있는 거 같아. 왜 이래요?"

이어서 흰색 종이를 까진 벽지에 덧댄 것을 지적했다.

"여기는 당신들의 방이 아니고 잠시 머무는, 빌려주는 곳이에요. 벽지가 까졌어도 뭐든 붙이면 안 돼요."

"옆방에서 뭘 붙였나 보다. 어휴."

사람들은 수군거리다가 익숙한 일이라는 듯 점검이 끝난 후 담요를 폈다. 벽에다 흰 종이도 마음대로 붙이지도 못한다. 까진 벽지를 덧대는 것도 마음대로 하지 못하는 이곳에서 사람들은 어떻게 견디는 걸까. 나는 하루 이틀뿐이지만 1년 넘게 이곳에서 살아가는 사람들은. 갑자기 굵은 사이렌 소리가 들렸다. 그러고 보니 오늘 작업할 때도 몇 번씩 들렸다. 사람들에게 물었다.

"저 소리는 왜 나는 거예요?"

"누가 교도소에서 탈출했나 보지. 농담이고, 저거 들쥐가 지나가서 그럴 거야. 맨날 울려."

미지근한 새벽 ——

각자의 자리에, 나는 창문 바로 밑에 이불을 폈다. 사람들은 내가 더 넓게 잘 수 있도록 이불을 더 좁게 접었다. 문 가장 앞쪽에 있는 사람은 한 사람의 몸만 한 크기로 이불을 깔았다. 그 옆의 사람도. 내 옆에는 눈썹 진한 사람이 누웠다. 내게 따뜻한 물이 담긴 페트병을 쥐여주었다.

"끌어안고 자면 따뜻할 거야."

"감사해요. 안녕히 주무세요."

눈을 감고 잠이 들 때쯤 옆에서 누군가 내 담요 위에 담요 한 장을 덮어주었다. 따뜻하다.

꿈을 꿨다. 긴 테이블을 가운데 두고 있는 교도소 2번 방. 사람들과 과일을 먹으며 앉아 있다. 나는 사람들과 이야기를 나누다가 가방 속에 있던 아이패드를 꺼내서 글을 쓰려고 한다. 아이패드를 테이블에 올려놓았는데 이상하다. '어, 아이패드가 왜 있지. 이거 못 가지고 들어오는데.' 옆에 있던 사람들이 말한다. '그러게. 이상하네. 이게 왜 있지. 이거 꿈 아니야?' '그러게요. 꿈인가 봐요. 그럼 다시 자야겠어요'라고 대답하고 방바닥에 누웠다. 꿈에서 잠이 들 때 잠에서 깼다.

새벽 몇 시일까. 사람들은 자고 있었다. 희미하게 켜진 형광등 소리, 화장실 수도관에서 물이 흐르는 소리가 들렸다. 흰색 천장, 흰색 벽지, 똑같은 색깔과 배열이 보였다. 창문에서는 미적지근한 바람이 불었다. 패트병에 담긴 물은 미지근하게 식어 있었다. 일어나지도 못하고 앉지도 못하고 담요로 몸을 감고 배배 꼬았다. 좀이 쑤시는 건지 피부 여기저기가 괜히 간지럽고 가슴이 답답했다. 권태의 촉감이다. 억압이 폭발하지도 해결되지도 않은 상태. 해방의 유토피아도, 끔찍한 디스토피아도 아닌 미적지근한 새벽이다. 이곳이 감옥인가. 내 몸이 감옥 같다고 느낀다. 창문 쪽으로 몸을 돌리고 다시 담요를 덮었다.

"승희야, 갈 시간이야."

겨우 잠든 것 같다. 새벽마다 일어나 성경을 읽는 옆자리 눈썹 진한 사람이 나를 흔들었다. 출소할 시간이 된 것이다. 곧이어 교도관이 문을 열고 나를 불렀다.

"124번. 본인 짐만 챙겨서 나오세요."

반쯤 눈이 감긴 채 사람들이 준 초코바와 낙서가 적힌 종이를 챙겼다. 사람들의 잠을 깨울까 봐 인사도 하지 못하고 방을 나왔다.

똑같은 출소절차. 그녀는 내가 쓴 종이가 무엇이냐고 물어본다.

"그냥 일기 쓴 거예요."

종이를 계속 읽는다.

"그걸 꼭 읽어야 하나요?" 교도관은 말없이 계속 종이를 본다. 익숙한 검열이다.

교도관은 초코바를 갖다 놓으라고 했다. 자기 물건이 아니면 들고 가지 못한다고. 다시 혼방에 들어가 초코바를 문 입구에 놓고 왔다. 사람들에게 고맙다는 인사도 전하지 못했는데. 잠들기 전에 사람들은 말했다.

"우리 다시는 보지 말자."

"그런데 어제 재판을 했어요. 재판에서 벌금이 나오면 아마 또 들어올 수도 있어요. 그럼 그때 만나요."

"아니야, 그래도 들어오지 마. 그립겠지만."

출소절차를 거쳐, 다시 교도소 밖으로 나왔다. 아직 어두운 새벽에 교도소를 나와 길을 따라 걸었다. 이번에는 교통비 대신 노역장에서 번 돈을 받았다. 흰 봉투에는 2천 원하고 60원, 100원이 들어 있었다.

알록달록한 옷걸이와 살림을 잔뜩 꾸려놓은 자루, 형형색색의 볼펜이 꽂혀 있던 연필꽂이와 빨랫줄에 널린 빨래에서 오래된 향기를 느꼈다. 감옥에도 미적지근한 권태와 평범한 빨래 향기가 있고, 개운한 목욕과 보편적인 억압이 있다. 거대한 감옥 속 감옥 속 감옥을 나와 또 다른 감옥이다. 감옥에서 나온 다음 날 목욕을 하고 빨래를 했다. 오랜만에 옥상에 올라가 빨랫줄에 빨래를 널었다. 바람이 불자 빨래가 흔들리면서 향기가 퍼졌다. 2번 방 사람들도 오늘 빨래를 하고 있겠지.

참고 도서

56 《내 무덤, 푸르고》, 최승자, 문학과지성사, 1993

89 《여성 영웅의 탄생》, 모린 머독, 고연수 역, 교양인, 2014

99~100 《즐거운 일기》, 최승자, 문학과지성사, 1984

101~102, 107~108 《중심의 괴로움》, 김지하, 아킬라미디어, 2016

113 《정치평론(1953~1993)》, 모리스 블랑쇼, 고재정 역, 그린비, 2009

167~168 《모든 사라지는 것들은 뒤에 여백을 남긴다》, 고정희, 창비, 1992

206~207 《파리의 우울》, 샤를 보들레르, 황현산 역, 문학동네, 2015

262 《사람, 장소, 환대》, 김현경, 문학과지성사, 2015